AF290466

Antje Göhler

**Balcke**

**oder**

**Der hypermoderne Prometheus**

Regenbrecht Verlag

Bibliografische Information der Deutschen Bibliothek
Die Deutsche Bibliothek verzeichnet diese Publikation in der Deutschen Nationalbibliografie; detaillierte bibliografische Daten sind im Internet über http://dnb.ddb.de abrufbar.

Herstellung: BoD – Books on Demand, Norderstedt



ISBN: 978-3-943889-62-8

Für Emilia, die an einem 9. Februar geboren
wurde, und ihren Bruder Wieland.
Für Jasmin und Oliver.

Blieb das unerklärliche Felsgebirge. – Die
Sage versucht das Unerklärliche zu erklären.
Da sie aus einem Wahrheitsgrund kommt,
muss sie wieder im Unerklärlichen enden.

*Franz Kafka, Prometheus*

# Prolog

Auf einer Wiese mit nur wenigen Gräbern fiel Cornelius ein außergewöhnlicher Grabstein auf und er trat näher heran. Die Zweige eines kleinen Bäumchens verdeckten eine Urne, die sich auf dem Stein befand. Er war recht groß, quaderförmig. Auf Cornelius wirkte er sehr imposant, irgendwie antikisch. Die obersten Schriftzüge konnte man kaum erkennen, so verwittert waren sie. Cornelius sah plötzlich Janet neben sich. Sie war ganz fahl im Gesicht und atmete schwer. Mit zitternder Stimme sagte sie, sie kenne den Stein, sie erinnere sich, dass der Name *Ernst Balcke* darauf stand. »Ich war hier schon einmal. Ich kann nicht sagen, wann und wie das passierte, es liegt alles im Dunkeln. Ich verstehe das nicht, ich habe es noch nie verstanden.« Cornelius schaute sie verwirrt an. Er hatte sich von ihrer ersten Begegnung an zu dieser seltsamen Frau hingezogen gefühlt. Er wollte Janet und das sie umgebende Geheimnisvolle, ja Unheimliche verstehen. Aber er spürte auch, dass von ihr eine Gefahr für ihn selbst ausging und er sich womöglich vor ihr retten musste.

*Berlin, 11. Februar 1993*

Liebe Ariane,
kaum hier eingetroffen, soll natürlich sogleich ein Brief an mein Schwesterherz abgehen. Mach dir bitte keine Sorgen, es geht mir prächtig, das Wohnheimzimmer ist in Ordnung und für die paar Monate völlig akzeptabel. Wenn du mich hier mit den Kindern mal besuchen möchtest, wird es natürlich etwas eng, aber in diesem Fall kämet ihr sicher in der Zehlendorfer Villa unseres Onkels unter. Ich hätte auch bei ihm wohnen können, aber wir fanden es so günstiger, wegen meiner Selbständigkeit und so. Ich glaube, so ganz traut er mir mein großes Reisevorhaben noch nicht zu. Und ich weiß, dass du da auch sehr skeptisch bist und schon meinen Aufenthalt hier in Berlin nicht so recht zu billigen vermagst. Du hättest mich lieber bei dir in der Nähe gehabt. Aber ich konnte einfach nicht länger bleiben. Unser Dorf begann mich immer mehr einzuschnüren. Und ich wollte auch unserem Elternhaus entfliehen, insbesondere seiner Bibliothek. Du erinnerst dich vielleicht, wie ich als Kind dort von den dickleibigen alten Büchern nicht genug bekommen konnte. Vor allem die Welt des märchenhaften Orients hatte mich tags und nachts verzaubert. Und einmal dorthin zu reisen, war der

*Lieblingstraum meiner jungen Jahre gewesen.* Später hatte es mir die Romantiker-Sammlung unseres Vaters angetan, und ich fühlte mich selbst zum Dichter geboren, wollte ein zweiter E.T.A. Hoffmann werden. An meinen vergeblichen Schreibversuchen und der durch sie ausgelösten schweren psychischen Krise mag ich jetzt nicht rühren. Das alles wird dir ohnehin noch in böser Erinnerung sein. Was soll's, ich bin darüber hinweg, auch wenn *nicht alle Blütenträume reiften.* Und ich bin unserem Vater fast dankbar, dass er, bereits im Sterben liegend, seinem Bruder das Versprechen abnahm, mich in ihrem Familienunternehmen unterzubringen und – fern der Literatur – einen handfesten Beruf ergreifen zu lassen. Zumal ich ja – wenn alles gut geht und ich mich in den Ausbildungsmonaten hier in Berlin nicht gar zu ungeschickt anstelle – mir doch noch meinen Kindheitstraum erfüllen kann und in das Morgenland komme. Unser Onkel hat mir jedenfalls Jobmöglichkeiten in einer der Niederlassungen an der alten Seidenstraße in Aussicht gestellt.

Sei für heute herzlichst gegrüßt von deinem Bruder Cornelius


*Berlin, 12. April 1993*

Liebe Ariane,
die Ausbildung stellt bisher keine große Herausforderung dar. Das Kaufmännische scheint mir zu liegen. Auch unser Onkel zeigt sich überrascht. Ich

hörte, wie er letztens zu einem Bekannten sagte, dass in Cornelius viel stecke, wenn man ihm *nur Raum und Zeit* lasse und er seine Tollpatschigkeit in Alltagsdingen überwinde. Das klang nun in meinen Ohren nicht unbedingt schmeichelhaft. Aber sei's drum, die Kurse fallen mir, wie gesagt, leicht. Du wirst dich daran erinnern, dass mir auch in der Schule alles, was mit Rechnen zu tun hatte, Spaß gemacht hat, und der Informatikunterricht, den ich bis zu meinem Zusammenbruch besucht hatte, kommt mir jetzt sehr zugute. Ich werde demnächst sogar selbst einen Kurs in Textverarbeitung geben können, in irgend so einem Geschichtsverein.

Jedenfalls kannst du, Schwesterchen, was mich betrifft, ganz beruhigt sein. Ich habe die von dir ständig angemahnte Bodenhaftung wiedergefunden. Deine Vorbehalte wegen meiner Unterkunft sind übrigens wirklich unnötig. Natürlich sind diese Plattenbauviertel recht eintönig, aber Aufregung und vielleicht sogar etwas Wundersames erhoffe ich mir, wie du weißt, anderswo. Hier ist es so für mich jetzt einfach ganz praktisch, und großartig auf diesen Ort einlassen will ich mich ja ohnehin nicht. Eigentlich auch nicht auf die Stadt insgesamt. Ist das nicht sogar deine Hauptsorge: dass ich im Dschungel Großstadt verlorengehen könnte? Keine Panik, Schwesterherz, das ist hier nur eine Durchgangsstation. Was mir allerdings immer mal wieder schmerzhaft bewusst wird, ist, wie sehr mir ein Freund fehlt, mit dem ich mich geistig austauschen kann und der mich so nimmt, wie ich bin. Der mich aber auch auf den Boden herunterholt, wenn ich mal wieder zu sehr herumspinne. Wahrscheinlich hältst du mich jetzt für hoffnungslos romantisch.

Dein Cornelius

*Berlin, 28. April 1993*

Liebe Ariane,
es läuft alles bestens. In der Firma bekomme ich schon etwas mehr Verantwortung. Eine schöne Abwechslung ist der Textverarbeitungskurs, den ich einmal die Woche gebe. Da sitzen lauter ältere Herrschaften vor mir, alles abgehalfterte Wissenschaftler, vor allem Historiker und Philosophen, und denen soll ich nun *WordPerfect* beibringen. Dazwischen sind aber auch ein paar junge Leute, die haben den Dreh natürlich schneller raus. Der Verein hat sich der Erforschung der Berliner Geschichte verschrieben und sich nach dem alten Stadtteil Luisenstadt benannt. Die geben sogar eine eigene Zeitschrift und einen Taschenkalender heraus und dokumentieren sogenannte Berliner Ehrengräber auf allen möglichen Friedhöfen. Dafür brauchen sie natürlich jede Menge finanzielle Unterstützung und stehen offenbar unter riesigem Rechtfertigungsdruck. Vor dem Gebäude, in dem der Verein sitzt, gibt es übrigens einen Bärenzwin-

ger. Wenn du mich mit den Kindern also doch mal besuchen kommst, können sie hier das Berliner Wappentier in natura bestaunen.

Gruß, Cornelius




Liebe Ariane,
heute hat mich einer der frustrierten älteren Doktoren nach dem Sinn dieser ganzen Formatierungen gefragt. Ich erklärte ihm, dass man sie in einer wissenschaftlichen Abhandlung gut einsetzen könne und vielleicht auch müsse, je nach Vorgaben des Verlags. Er warf ein, dass die Verlage am liebsten gar keine Formatierungen haben wollten, und sein Nachbar ergänzte, dass die Verlage am allerliebsten überhaupt keine Texte haben wollten. Daraufhin erfüllte erbittertes Gelächter den ganzen Saal. Die Leutchen konnten sich gar nicht mehr beruhigen. Das war wahrscheinlich noch die Nachwirkung einer miesen Nummer eines renommierten TV-Politmagazins. Die hatten hier tagelang gedreht und stundenlange Interviews mit einem Philosophieprofessor geführt. Und dann saßen alle gespannt vor dem Fernseher und mussten fassungslos der Diffamierung ihres Geschichtsvereins zusehen. Die Statements des Professors wurden auf wenige Sekunden zusammengeschnitten. Er wurde mit aus dem Kontext gelösten Äußerungen regelrecht vor-

geführt. Ich muss gestehen, dass ich mich für die Fernsehleute in Grund und Boden geschämt habe. Na ja, seitdem ist die Motivation merklich abgeflaut. Zum Glück ziehen die jungen Mitarbeiter ordentlich mit. Ein paar haben hier direkt nach dem Studium eine Stelle als Arbeitsbeschaffungsmaßnahme ergattert. Eine junge Frau allerdings scheint ein Sonderfall zu sein. Sie dürfte etwa in meinem Alter sein, arbeitet hier als Korrektorin. Man sagt allgemein von ihr, dass sie die beste sei. Sie liest also den ganzen Tag irgendwelche fremden Texte, fast wie eine Maschine. Ansonsten ist sie sehr verschlossen, und wenn sie einen mal direkt anblickt, was selten genug vorkommt, dann wirkt sie *melancholisch und verzweifelt*. Man munkelt, sie habe ein paar Jahre in einer Irrenanstalt zugebracht und lebe sehr zurückgezogen in der Wohnung ihrer verstorbenen Eltern. In meinem *WordPerfect*-Kurs legt sie jedenfalls ein derartiges Tempo vor, dass sie den anderen immer weit voraus ist und viel Leerlauf hat. Unter uns: Ich finde ja *WordPerfect* als Textverarbeitungsprogramm suboptimal, schlicht weil es so umständlich ist. Aber gerade das scheint Janet, so ihr Name, zu gefallen. Sie hat eine rasche Auffassungsgabe und macht dann alles fast mechanisch, ohne viel dabei denken zu müssen. Wahrscheinlich geht sie genauso an die fremden Texte zur Korrektur heran. Um die Zeit zu überbrücken, bis die anderen aufgeholt haben, habe ich Janet kürzlich ein größeres Kreuzworträtsel gegeben. Auf derselben Seite befand sich auch die Schachrubrik mit einem

Dreizüger, an dem ich mir seit Tagen die Zähne ausgebissen hatte. Ein paar Zugvorschläge hatte ich daneben notiert und wieder durchgestrichen, weil sie nicht funktionierten. Nun geschah etwas Seltsames: Janet hatte nur einen kurzen Blick auf die Aufgabe geworfen und sofort die Lösung gefunden! Aber sie schien dabei in eine große Aufregung versetzt worden zu sein, und mit fahrigen Händen gab sie mir die Zeitung zurück. Ich war so beeindruckt, dass ich ihr gleich noch mehr ungelöste Schachaufgaben zeigen wollte. Aber sie wehrte heftig ab und sagte, sie habe früher viel Schach gespielt, sei darüber aber krank geworden. Ihre Ärzte hätten sie vorm Problemlösen regelrecht gewarnt. Am besten sollte sie ganz die Finger vom Schach lassen, aber wenn es denn sein müsse, dann höchstens noch zum reinen Zeitvertreib.

Du entsinnst dich sicher, wie gern ich früher mit unserem Vater Schach gespielt habe, du konntest dem Spiel ja leider nicht viel abgewinnen. Ich hätte jetzt nicht übel Lust, mit Janet ein paar Partien zu spielen. Ich habe mein Magnetreiseschachspiel hervorgekramt und schleppe es seit Tagen mit mir herum, um eine günstige Gelegenheit abzupassen.

Es ist merkwürdig, aber seit dieser Schachepisode mit Janet fühle ich eine innere Erregung, als ob etwas Großes bevorstünde. Ich habe auf einmal wieder angefangen, Tagebuch zu führen.

Gruß, Cornelius

**b2**

*18. Mai 1993*

Heute habe ich es endlich geschafft, Janet nach der Arbeit auf Schach anzusprechen. Als ich gegen 17 Uhr aus dem Gebäude trat, sah ich sie gedankenverloren an der Mauer vom Bärenzwinger lehnen. Ich fasste mir ein Herz und trat auf sie zu. Ich zeigte ihr mein Schachspiel und fragte, ob sie nicht Lust hätte, eine Partie mit mir zu spielen. Sie hob erst abwehrend die Hände: »Ich sagte Ihnen doch, dass ich nicht mehr Schach spiele.« Aber dann stimmte sie doch zu: »Aber nicht hier, lassen Sie uns zum Roland gehen.« Ich wusste zunächst gar nicht, was sie meinte, aber sie führte mich hinüber zum Märkischen Museum. In der Nähe des Eingangs steht tatsächlich eine steinerne Rolandsfigur. Janet konnte es gar nicht fassen, dass ich die noch nicht kannte, und noch weniger, dass ich noch nicht im Museum war, wo ich doch für einen Berliner Geschichtsverein arbeiten würde. Mein Einwand, dass ich hier nur einmal die Woche den Kurs leiten und ohnehin nur für ein paar Monate in Berlin bleiben würde, kam mir selbst etwas kläglich vor. Wir ließen uns auf den Treppenstufen nieder und fingen an zu spielen. Es wurde schnell klar, dass Janet mir haushoch überlegen war. Aber sie schien doch Freude am Spielen zu empfinden und willigte auch noch in eine zweite, dritte und vierte Partie ein. Es war dunkel geworden und uns wurde allmählich kalt. Wir liefen zur Jannowitzbrücke und schauten auf die düstere Spree. Janet schien tief in Gedanken versunken, dann sagte sie auf einmal: *»Über der Friedrichstadt brannte der Himmel.«* Ich blickte sie fragend an. Sie lächelte verlegen: »Das kam mir plötzlich in den Sinn, ein Satz aus Erich Kästners *Fabian*. Der fällt genau hier, wo wir gerade stehen, komisch, oder?« – »Von Kästner kenne ich nur ein paar Gedichte und natürlich seine Kinderbücher, die habe ich früher verschlungen.« – »Mir haben die nicht so gefallen, die sind so oberflächlich und voller Gut-Böse-Klischees, wie Märchen.« – »Vielleicht sollten es gerade Märchen sein, was haben Sie denn gegen Märchen?« – »Ich konnte als Kind mit Märchen nichts anfangen, erst neuerdings hat sich das ein wenig gewandelt.« Da war ich nun in meinem Element und erzählte ihr von meiner Sehnsucht nach der orientalischen Märchenwelt. Das fand sie allerdings wenig beeindruckend, sie steht offenbar mehr auf Kunstmärchen, aber da haben wir uns bei E.T.A. Hoffmann auch gut getroffen. Ich war durch dieses Gespräch ganz aufgekratzt, aber auch Janet wirkte aufgeschlossener, als ich sie bislang erlebt hatte. Wir verabschiedeten uns am S-Bahnhof Jannowitzbrücke voneinander. Sie müsse zwar auch mit der S-Bahn fahren, wolle aber noch etwas spazieren gehen. »Jetzt noch, zu so später Stunde?«, fragte ich überrascht. Sie liebe es, in der Dämmerung oder auch im Dunkeln durch

die Stadt zu wandern, und wenn ich Zeit und Lust
hätte, könnte ich sie ja mal begleiten. So kam es,
dass wir bereits morgen nach der Arbeit wieder ver-
abredet sind.


*19. Mai 1993*

Meine erste Stadtwanderung – und Wanderung
ist ein durchaus zutreffender Ausdruck – mit Janet
liegt hinter mir. Wir sind wieder über ›unsere‹ Brücke gelaufen und dann mehr oder weniger immer
geradeaus bis zum Volkspark Friedrichshain. Janet
zeigte mir den Märchenbrunnen, und ich konnte
mir – unseren gestrigen Gesprächsfaden wiederauf-
nehmend – nicht verkneifen zu fragen, ob sie den
als Kind schon kannte und wenn ja, ob sie ihn überhaupt gemocht habe. Sie antwortete, ihre Eltern
hätten hier ganz in der Nähe gewohnt und seien oft
mit ihr und ihrer drei Jahre älteren Schwester hergekommen. Die beiden Kinder seien dann immer von
Figur zu Figur gerannt, um die Märchen zu erra-
ten. Und heute mochte sie ihn vor allem deswegen,
weil er so hinter den Bäumen versteckt liege und
der Spaziergänger, von der lauten Straße kommend,
plötzlich – überwältigt – wie in einem Tempel stehe.
Weiter oben im Park sei noch ein anderer, ein viel
stillerer Platz, an dem sie früher sehr oft gewesen
sei: der *Friedhof der Märzgefallenen.* Sie wollte mich
sogleich dorthin führen, aber ich weigerte mich und
bekundete meine Aversion gegen Friedhöfe. Janet

17

wirkte enttäuscht; dann zeigte sie hinüber auf die andere Seite der riesigen Kreuzung, wo sich ein größerer Friedhof befand. »Lass uns dennoch bitte den dort drüben durchqueren. Das ist der kürzeste Weg zur Prenzlauer Allee.« Mir war es angenehm, dass wir nun beim »Du« waren, und so folgte ich ihr nur wenig widerstrebend aus dem Park hinaus, über die Kreuzung hinüber zum Friedhof, der ziemlich verwildert wirkte. In den hohen Bäumen beharkten sich allerlei Vögel, und die inneren Umgrenzungsmauern – offenbar lagen hier mehrere Kirchengemeinden nebeneinander – waren teils stark verfallen. »Es ist kein ›schöner‹ Friedhof, aber mir gefällt er besser als so manch idyllischer Waldfriedhof. Es ist hier wie eine Oase inmitten des Molochs Großstadt.« Na ja, das war sicherlich übertrieben, aber in der Tat war es erstaunlich, wie stark der Straßenlärm der beiden Magistralen Greifswalder Straße und Prenzlauer Allee hier gedämpft war und wie seltsam es einem vorkam, wenn man aus diesem Hort der Stille hinaustrat und einen die Stadt sogleich wiederhatte. »Siehst du dort hinten den hohen schlanken Kirchturm? Der gehört zur Immanuelkirche, die ist immer eine gute Orientierung, vor allem für solch orientierungslose Menschen wie mich.« Wir liefen dann an der Kirche vorbei und schauten die Straße gleichen Namens hinunter. »Am anderen Ende, zur Greifswalder hin, habe ich mein erstes Lebensjahr verbracht. Meine Eltern hatten im Hinterhaus eine Einraumwohnung mit Außentoilette. Meine Mutter hat die Gegend sehr gemocht wegen der Nähe zum Märchenbrunnen. Ich gehe manchmal an dem Haus vorbei, aber mehr noch wegen eines Hauses auf der gegenüberliegenden Straßenseite. Ich habe es oft gefragt, wie das wohl gewesen war, als eine junge Frau mehr als ein halbes Jahrhundert vor mir in seinen Mauern ungewöhnliche Briefe eines ungewöhnlichen Freundes aus Prag gelesen hatte. Aber das Haus schweigt sich darüber leider aus.« Ich bemerkte dazu: »Schade, dass man nicht in der Zeit reisen kann.« Daraufhin bekam Janet einen panischen Gesichtsausdruck und hetzte derartig die Prenzlauer Allee hoch zum gleichnamigen Ringbahnhof, dass ich ihr kaum folgen konnte. Dort trennten sich unsere Wege keineswegs, denn als große Überraschung stellte sich nun heraus, dass wir denselben Heimweg hatten: Mein Wohnheim und Janets Wohnblock lagen sich genau gegenüber! Wir fuhren bis Frankfurter Allee, stiegen hinunter zur U-Bahn, dann ging's bis Tierpark, und keine Viertelstunde später standen wir vor ihrem Aufgang. »Wenn du willst, kannst du kurz mit hoch kommen und dir den *Fabian* zum Lesen ausleihen.« Wir verschmähten den Fahrstuhl und stiegen die paar Etagen hoch. Vor dem letzten Treppenabsatz hielt Janet kurz inne, warf einen hastigen Blick auf die kahle Wand und nahm dann drei Stufen auf einmal.

Janet schloss die Wohnungstür auf, und dem Blick eröffnete sich der lange Flur, dessen rechte Seite aus einer riesigen Bücherwand bestand. Dahinter ging nach rechts das ebenfalls mit Büchern vollgestopfte Wohnzimmer ab, und von dessen Balkon aus konnte ich Janet mein Zimmer zeigen, jedenfalls so ungefähr, denn das dichte Laubwerk der hohen Bäume im Hof versperrte die Sicht. »Ich muss das Buch erst suchen. Ich blicke bei dem Ordnungsprinzip meines Vaters nicht so ganz durch.« – »Ich dachte, deine Eltern seien verstorben«, sagte ich vorsichtig. »Ja«, lautete die knappe Antwort. »Wohnst du hier allein?« – »Ja.« – »Und deine Schwester?« – »Die ist mit ihrer Familie vor einigen Jahren aus Berlin fortgezogen.« Janet brachte schließlich das Buch an. »Kein Wunder, dass ich es nicht gleich finden konnte. Es stand im Arbeitszimmer meines Vaters. Da durften wir nie rein. Die Regalwand im Flur kenne ich dagegen in- und auswendig.« Ich warf einen Blick in das Zimmer; es sah gemütlich aus: Bücherschränke mit Glasscheiben, eine Liege mit Bettkasten, ein großer, akkurat aufgeräumter Schreibtisch. »Du hast alles so gelassen, wie es war«, sagte ich beklommen. »Natürlich, auch das Wohnzimmer, dort sind die Bücher meiner Mutter.« – »Da bist du ja gewissermaßen eine *Peregrina*«, bemerkte ich zögernd.

In einer Ecke entdeckte ich ein großes Schachbrett aus Holz, daneben einen Figurenkasten und eine *Ruhla*-Schachuhr. Spontan rief ich: »Damit zu spielen, hätte ich große Lust. Das ist schon etwas anderes als mit meinem kleinen Reiseschachspiel. Und wir könnten den Unterschied in der Spielstärke etwas ausgleichen, indem du mir einen Zeitvorsprung lässt.« Janet war sofort einverstanden, und wir verabredeten uns fürs Wochenende zum großen Schachmatch.

*10. Juni 1993*

In den vergangenen Wochen haben Janet und ich unzählige Partien gespielt. Sie hat die meisten gewonnen, dank unserer Bedenkzeitregelung hatte aber auch ich ab und an die Nase vorn. Wir probierten da ganz unterschiedliche Dinge aus. Anfangs hatte Janet 5 Minuten und ich 30 für die gesamte Partie zur Verfügung. Als ich immer besser ins Spiel fand, näherten wir uns zeitlich etwas an, aber stets behielt ich einen deutlichen Zeitvorsprung. Ich erinnere mich nur an eine kleine Verstimmung bei Janet. Das war, als ich sie einmal darauf hinwies, wie merkwürdig es doch sei, dass wir uns zwar in derselben Position auf dem Brett befanden, aber gewissermaßen zu verschiedenen Zeiten. Diese an sich banale Erkenntnis brachte sie so aus dem Konzept, dass sie aufsprang und unruhig durchs Zimmer lief. Ich musste die Uhr anhalten und wir konnten die Partie erst nach einer langen Pause fortsetzen. Das Resultat war immer zweitrangig, wir hatten einfach Spaß daran, zu spielen und im Anschluss ein paar Varianten gemeinsam durchzugehen.

Die Wohnung blieb mir allerdings etwas unheimlich, es war das Obdach einer vierköpfigen Familie, aber drei Familienmitglieder waren ständig abwesend. Und das vierte war im Grunde ebenfalls nicht präsent, auch wenn Janet mir gegenüber sozusagen aufgetaut war. Wir spielten immer im Wohnzimmer an einem größeren Tisch, der der Familie zum Essen gedient hatte – sowie Janet und ihrem Vater auch früher schon zum Schachspielen. »Er hat es mir und meiner Schwester beigebracht. Meine Mutter konnte auch ganz gut spielen. Aber nur mein Vater und ich waren mit Leidenschaft dabei. Als ich dann in einen Verein ging und immer stärker wurde, spielten wir kaum noch miteinander.« Hier stockte Janet und sann eine Weile nach, ehe sie bemerkte: »Viele Jahre später suchte und fand ich einen völlig anderen Zugang zum Schach. Aber das konnte ich meinem Vater nicht verständlich machen.«

Ihr Vater war ein Gelehrter, Professor oder so. Von ihrer Mutter erzählte Janet, dass sie auf irgendeinem Amt gearbeitet habe, als rechte Hand von irgendwem. Von ihren Büchern sprangen mir gleich die Fontane-Bände ins Auge. Wenn sie an ihre Mutter denke, sagte Janet, sehe sie sie immer an diesem Tisch im Wohnzimmer mit ausgebreiteter großer Landkarte von Berlin und Umgebung. Und darüber gebeugt ihre Mutter, den rechten Zeigefinger auf der Karte, den linken auf einem Absatz der *Wanderungen durch die Mark Brandenburg*. Auch von ihrer Schwester erzählte sie, vor allem, dass sie richtig gut zeichnen konnte im Gegensatz zu ihr, Janet, die zwei linke Hände und keinerlei Feinmotorik habe.

Als wir heute das Schachspiel zurück ins Arbeitszimmer ihres Vaters brachten, fiel mir an der Wand über dem Schreibtisch ein kleines Porträt von Gotthold Ephraim Lessing auf. »Das stammt aus einem Literaturkalender. Meine Schwester hatte es ausgeschnitten und aufgeblockt. Ein Geschenk für meinen Vater, weil er so intensiv über Lessing geforscht und viel über ihn veröffentlicht hat.« – »*Labude* war doch auch ein Lessing-Experte«, warf ich ein, ich hatte inzwischen den *Fabian* gelesen. »Ja, diese Lessingsache mit Labude ist das Einzige, was mir an dem Buch nicht so richtig gefällt. Ich finde, es hätte viel besser gepasst, wenn es nicht eine so sinnlose Lüge gewesen wäre, wenn also Labudes Arbeit auch in Wirklichkeit verkannt und deshalb abgelehnt worden wäre.« Ich konnte das nicht akzeptieren: »Wozu sollte das gut sein? Du willst immer, dass jemand scheitert.« – »Ja, denn nur so gelangt man zum Grunde: ganz nach dem Motto *Modern ist, was verliert.*« Ich konnte nur verständnislos den Kopf schütteln: »Du meinst, nur so richtet man sich zugrunde.« Ich setzte dann aber versöhnlich hinzu: »Wir haben *Nathan der Weise* in der Schule gelesen.« – »Ja, wir auch. Ich habe meinem Vater mal ganz stolz einen Spruch von Lessing über das Schachspiel gezeigt: *Schach sei für Ernst zu sehr Spiel und für Spiel zu sehr Ernst.* Mein Vater kannte die Wendung, sagte, es sei nicht ganz klar, ob sie von Lessing oder von Moses Mendelssohn stamme. Und es sei ja eigentlich kein Lob des Schachspiels, sondern eher eine Warnung vor ihm.« Um die entstandene Pause zu beenden, sagte ich: »Im *Nathan* spielt Schach eine große Rolle.«

– »Du hast recht. Den *Nathan* mochte ich aber nicht deswegen immer sehr gern, sondern weil er eine fast perfekte Mischung aus Poesie und Philosophie verkörpert. Inzwischen aber halte ich es irgendwie mehr mit *Nathanael*.« Ich schmunzelte einigermaßen überrascht: »Dass du ausgerechnet an den *Sandmann* denken musst! Hast du für mich auch eine Hoffmann-Figur in petto?« Sie schien sich darüber schon Gedanken gemacht zu haben, denn sie sagte spontan: »Aber ja: *Anselmus*.« Ich war verblüfft, auf den *Goldnen Topf* wäre ich nun nicht gerade verfallen. »Übrigens liegt E.T.A. Hoffmann hier in Berlin begraben, auf dem *Jerusalemer Kirchhof*. Dort gibt es noch unzählige andere Berliner Ehrengräber. Wäre doch eine günstige Gelegenheit, deine Friedhofsphobie zu bekämpfen.« – »Ich habe keine Phobie. Ich mag nur eben seit der Beerdigung meiner Eltern keine Friedhöfe«, brach es aus mir heraus. »Verzeih mir, das wusste ich nicht. Ich kann das gut verstehen. Ich meide auch einen ganz bestimmten Friedhof.« – »Ich wollte nicht so heftig werden. Entschuldige. Ich glaube, wir haben schon zu lange in dieser Wohnung gehockt. Du wanderst doch so gerne durch die Stadt. Lass uns mal wieder eine Stadtwanderung machen.« Janet sprang sofort darauf an: »Ja, und ich weiß auch schon, wohin. Ich habe neulich für unsere Zeitschrift einen Artikel über das Engelbecken redigiert. Das sollten wir mal in Augenschein nehmen.«

Und so werde ich sie morgen früh zu unserem Ausflug abholen.

Pünktlich 9 Uhr stand ich vor Janets Wohnungstür. Als wir die ersten Stufen hinabliefen, zögerte sie wieder auf dem Treppenabsatz und starrte auf die weiße Wand. Ich hatte diese Marotte nun schon einige Male beobachtet und sprach sie darauf an. »Kurz nach unserem Einzug – ich war damals vier, meine Schwester sieben Jahre alt – hockten wir eines Tages hier auf der Treppe und polierten Schuhe, die unser Vater zuvor mit Schuhcreme eingeschmiert hatte. Wie immer war ich nicht bei der Sache und träumte vor mich hin. Plötzlich stieß mich meine Schwester an und sagte, dass sie mir etwas zeigen wolle, aber nur, wenn ich ein großes Geheimnis für mich behalten könne. Ich konnte natürlich, und sie wies mit der ausgestreckten Hand auf eben diese Wand hier, an der ein rotbrauner Fleck und weitere kleine Spritzer prangten. Meine Schwester erzählte mir unter dem Siegel der Verschwiegenheit, dass es sich um Blut handelte. Genau an dieser Stelle habe vor ein paar Tagen ein grässlicher Mord stattgefunden. Ich starrte mit schreckgeweiteten Augen auf die Wand und malte mir dann viele Nächte lang den Hergang des Geschehens aus. Meine Schwester versuchte mich später damit zu beruhigen, dass sie selbst den Fleck mit Schuhcreme an die Wand fabriziert habe. Unser Treppenhaus wurde seitdem mehrmals gestrichen, aber irgendwie ist das unheimliche Kribbeln in mir an dieser Stelle geblieben.«

Auf dem Weg zum S-Bahnhof Betriebsbahnhof Rummelsburg kamen wir an einem größeren Schulkomplex vorbei. Das seien zu ihrer Zeit zwei Schulen gewesen, erklärte mir Janet: In der einen habe ihre Schach-Arbeitsgemeinschaft stattgefunden, in die andere sei sie die ersten acht Schuljahre gegangen. »Ab der 9. Klasse ging ich auf die Erweiterte Oberschule. Das war vom Weg her schon eine Umstellung: immer bis zur S-Bahn, dann die zwei Stationen bis Ostkreuz, hoch zur Ringbahn, dann bis Leninallee und dann noch eine knappe Viertelstunde zu Fuß. Vom Schulgebäude her war es aber keine große Veränderung, ähnlicher Neubau wie dieser hier, nur etwas schlichter.« – »Dann kennst du ja hier den Weg zum S-Bahnhof wie deine Westentasche. Ich finde ihn ja, ehrlich gesagt, recht öde.« – »Das ist er auch, und vor allem sehr einsam, *eine verfahlte Landschaft*. Unsere Mutter klebte abends immer stundenlang am Fenster, wenn meine Schwester oder ich noch unterwegs waren. Wie meine Westentasche kenne ich aber vor allem die Ringbahn.« – »Kunststück. Sie war ja damals extrem kurz.« – »Und doch hat sich auf diesem kurzen Stück ein wesentlicher Teil meines Lebens abgespielt. Übrigens war sie mir schon immer als Ganzes vertraut. In den Waggons hingen die Streckenpläne einer ungeteilten Stadt. Ich kannte die Stationen auswendig, bewegte mich in Gedanken auf dem gesamten Ring, war geradezu vernarrt in ihn.«

Heute ging's aber nicht zum Ring, wir fuhren durch Ostkreuz durch, stiegen am Ostbahnhof aus und liefen zur Michaelbrücke. Von dort war es dann nicht weit bis zur riesigen Ruine der Michaelkirche, zu deren Füßen sich die Anlage des Engelbeckens erstreckt. Janet erzählte mir kurz, was es damit auf sich hatte. Wir gingen ein Stück den ehemaligen Kanal entlang und waren dann schnell auf dem Kreuzberger Teil der früheren Luisenstadt. Janet erwähnte, dass sie bis vor kurzem diese alten Stadtteilbezeichnungen gar nicht kannte und dass sie die geschichtlichen Anregungen in dem Verein ganz dankbar annehme, so sehr manch einer dort halt old school sei. Beispielsweise habe ihr der alte Professor, der da letztens in dem Politmagazin so vorgeführt worden war, kürzlich erzählt, dass ihre Schule *Heinrich Schliemann* 1928 aus dem *Luisenstädtischen Gymnasium* hervorgegangen sei. »In welchem Jahr hast du dort Abitur gemacht?«, fragte ich. »Ich habe die Schule nicht abgeschlossen. Ich bin ein paar Wochen vor Ende des letzten Schuljahres sehr krank geworden. Vielleicht ganz gut, nie einen *Abituriententag* haben zu müssen.« Hier stockte Janet, ehe sie fortfuhr: »Ich habe keine Erinnerung an die Zeit vor meiner Erkrankung und schon gar nicht an die Krankheit selbst – das war eine lange Phase der Dunkelheit.« Schweigend liefen wir weiter. Ich hatte die Orientierung verloren, aber wir schienen mehr oder weniger immer geradeaus gelaufen zu sein. Auf einmal standen wir an der Hochbahn der U1; Janet blieb stehen und schaute eine ganze Weile gebannt nach oben, und immer, wenn ein Zug vorüberdonnerte, war es, als *juble* sie ihm einen stummen Gruß entgegen. Sie wandte sich mir zu: »Nicht schlecht, aber schade, dass es hier nicht die quietschenden Straßenbahnen wie auf der Schönhauser Allee gibt.« Wir liefen dann ein Stück am Wasser entlang; Janet sagte, das müsse der Landwehrkanal sein. So langsam wurden wir doch etwas fußmüde, und als wir in der Ferne auf einer großen Kreuzung eine stattliche Kirche sahen, steuerten wir zielgerichtet darauf zu und ließen uns ermattet auf einer Bank nieder. Nachdem wir etwas Kraft gesammelt hatten, schauten wir uns genauer um, wo wir nun eigentlich gelandet waren. Unweit erkannten wir einen U-Bahnhof und dessen Name Südstern ließ nun mich aufgeregt aufspringen. Endlich konnte ich Janet mal mit meiner Ortskenntnis beeindrucken. Ich hatte mir nämlich gleich nach unserem gestrigen Gespräch herausgesucht, wo der *Jerusalemer Kirchhof* liegt. Ich wollte Janet bei Gelegenheit damit überraschen, mit ihr trotz meiner Vorbehalte zum Grab von E.T.A. Hoffmann zu gehen. Diese Gelegenheit war nun schneller gekommen, als ich geahnt hatte. Denn die von mir herausgefundene Bergmannstraße ging direkt hier vom Südstern ab. Janet bremste allerdings meine Euphorie: »Das kann nicht sein. Ich war doch schon mal dort. Damals war ich, glaube ich, vom S-Bahnhof Yorckstraße gelaufen.« Dann schien ihr aber etwas einzufallen: »Warte mal, sagtest du Bergmannstraße? Dort gibt es tatsächlich mehrere Friedhöfe, die ich mir schon längst einmal ansehen wollte. Auf einem liegt, wenn ich nicht irre, unter anderem Ludwig Tieck begraben.« Und sie klopfte mir tröstend auf die Schulter: »Dann wären wir ja doch nicht so fern vom guten alten Ernst Theodor Amadeus.« Die riesige Friedhofsanlage in der Bergmannstraße war nun wirklich nicht zu übersehen und gleich an einem der vorderen Friedhöfe stand die Bezeichnung *Kirchhof der Jerusalems und Neuen Kirchengemeinde*. Dann gab es also offenbar tatsächlich mehrere *Jerusalemer Kirchhöfe*. Schon nach wenigen Minuten konstatierten wir, dass dieser hier kaum interessante Grabstätten zu bieten haben dürfte, aber man konnte durch ihn hindurch zu den anderen mit Tieck & Co. gelangen, also liefen wir eiligen Schrittes einen Hauptweg entlang. Auf einer Wiese mit nur wenigen beziehungsweise eingeebneten Gräbern fiel uns ein außergewöhnlicher Grabstein auf und wir traten näher heran. Er stand unter einem kleinen Bäumchen, dessen Zweige eine Urne verdeckten, die sich auf dem Stein befand. Er war recht groß, quaderförmig. Auf mich wirkte er sehr imposant, irgendwie antikisch, und ich fragte Janet, was sie davon halte. Ich wandte mich zu ihr um und erstarrte. Janet war ganz fahl im Gesicht geworden und atmete schwer. Mit zitternder Stimme sagte sie, sie kenne den Stein: »Ich war hier schon einmal. Ich kann nicht sagen, wann und wie das passierte, es liegt alles im Dunkeln. Ich verstehe das nicht, ich habe es noch nie verstanden.« Ich sah sie besorgt an. Das konnte ja nun nicht stimmen, ich begann die Inschrift laut vorzulesen. Die obersten Schriftzüge konnte man nicht erkennen. Darunter standen die Namen von Oskar, Elisabeth und Werner Balcke und deren Lebensdaten. Offensichtlich handelte es sich um Eltern und Sohn: Der Vater lebte von 1852 bis 1932, die Mutter, eine geborene L'Hermet, war Jahrgang 1862 und ebenfalls 1932 nur wenige Monate nach ihrem Mann verstorben, der Sohn starb bereits 1935, also noch in recht jungen Jahren. Ich legte das alles Janet so ausführlich und möglichst distanziert dar, um ihr zu beweisen, wie irrig ihre Annahme gewesen war. »Und, sagen dir diese Namen irgendetwas?« – »Der Name Balcke schon. Als ich hier war, stand nur der von Ernst Balcke drauf.« Ich starrte nun doch auf den oberen Teil der Inschrift und glaubte in der Tat diesen Namen entziffern zu können. Da stand noch viel mehr Text, der aber zu stark verwittert war. Ich holte einen Bleistift aus der Tasche, trat ganz dicht an den Grabstein heran und fuhr die Schrift nach; ich las dabei das Wenige noch Erkennbare laut vor: »Ruhestätte unseres ...« Janet fiel mir ins Wort mit einer Stimme, die aus weiter Ferne zu kommen schien: »... innig geliebten guten hoffnungsvollen Sohnes cand. phil. Ernst Balcke, geb. 9. 4. 1887, gest. 16. 1. 1912. Sprich Schicksal, sprich, was hast Du diesen Tempel so früh in Schutt und Asche gelegt?« Ich sah sie perplex an. »Cornelius, ich sehe plötzlich alles wieder vor mir. Es ist, als hätte jemand den Nebelschleier über der Erinnerung weggezogen.«

Womit soll ich beginnen ...

Vielleicht mit dem Selbstmord eines Jungen aus einer Parallelklasse, das muss so Mitte September 1985 gewesen sein, unser letztes Schuljahr vor dem Abitur hatte gerade erst begonnen. Ich entsinne mich nicht mehr des Namens, irgendetwas Exotisches, aber doch Einfaches, Milan oder etwas in der Art. Ich kannte ihn nur vom Sehen, und ich glaube, auch die eigenen Klassenkameraden kannten ihn kaum. Keiner wusste etwas über die Gründe. Zu den Umständen sickerte nur durch, dass sich Milan wohl in den Vormittagsstunden von einem Hochhaus hinuntergestürzt hatte und dass unsere Direktorin ihn identifizieren musste. Ansonsten hielten sich die Lehrer bedeckt, auch außerhalb unseres Jahrgangs dürfte kaum jemand etwas mitbekommen haben. Nach einer kurzen Zeit der Schockstarre schien wieder der normale Schultrott eingekehrt zu sein. Auch bei mir selbst konstatierte ich eine gewisse Erleichterung, mich nicht zu sehr mit diesem Todesfall auseinandersetzen zu müssen. In Sachen Selbstmord glaubte ich mich gut auszukennen (schließlich hatte ich meinen *Werther* inhaliert), aber das war doch alles weit weg von meiner Lebenswirklichkeit, so glaubte ich jedenfalls. Dann aber kam ausgerechnet Claire mit der Bitte auf mich zu, mit ihr gemeinsam Milans Mutter aufzusuchen.

Als wir damals in der Neunten mehr oder weniger ehrfurchtsvoll die Dinge an der ›großen‹ *Schliemannschule* auf uns zukommen ließen und uns untereinander vorsichtig beäugten, zeigte eines der Mädchen, eben Claire, keinerlei Schüchternheit und bezog klar und offen Position zu allem Möglichen. Es gab kaum eine Unterrichtsstunde ohne aktive Mitarbeit von Claire, aber nicht in einem streberhaften Sinne, der einigen anderen durchaus eigen war. Bei ihr dagegen wirkte es sehr natürlich. Trotzdem war mir ihre Selbstsicherheit höchst suspekt, vielleicht weil ich das ganze Gegenteil davon war. Ich beteiligte mich kaum an den Diskussionen im Unterricht; wurde ich aufgerufen, sprach ich entweder so leise, dass ich kaum zu verstehen war, oder ich geriet vor Aufregung ins Stottern. Wir hatten auch sonst nicht viel miteinander zu tun. Auf dem Schulweg konnten wir uns nicht begegnen. Claire hatte es im Gegensatz zu den meisten von uns nicht allzu weit, sie wohnte in einer Straße, die nach dem Namenspatron unserer Schule hieß. Claire war schnell in allen möglichen Schulgremien aktiv und ging überhaupt ganz im Schulleben auf, während ich frühzeitig eine Aversion gegen die meisten Dinge entwickelte, mich ständig wegträumte oder heimlich unter der Bank las. Zu jener Zeit waren es vor allem Gedichte, allen voran die von Georg Heym, aber auch von anderen expressionistischen Autoren, insbesondere denen der Anthologie *Menschheits-*

*dämmerung.* Ich schleppte ständig kleine Notizhefte mit mir herum, in die ich Gedichte eintrug, die mir besonders gefielen. Eine Zeitlang hatte ich mich auch an eigenen Versen versucht. Das war aber nur zusammengestümpertes Zeug, und ich habe es schnell wieder aufgegeben.

Es zeigte sich dann allerdings, dass Claire und ich doch etwas gemeinsam hatten. Wir waren die Einzigen unserer Klasse und wohl auch unseres Jahrgangs, die das von unserem Musiklehrer angepriesene Jugendkonzertanrecht in Anspruch genommen hatten. Alle sechs bis acht Wochen lauschten wir nun also andächtig in der *Volksbühne* am Rosa-Luxemburg-Platz den Aufführungen des *Berliner Sinfonieorchesters*. Es kostete mich jedes Mal eine gewisse Überwindung, mich noch abends und außerdem mit gehörigem Zeitpolster auf den Weg zu machen. Aber saß ich einmal dort und hörte die ersten Takte, war die ganze Anspannung wie weggeblasen. Nach einem dieser Konzerte ergab es sich, dass ich mit Claire näher ins Gespräch kam. Sie wirkte von dem gerade gehörten Klavierstück ziemlich mitgenommen und war den Tränen nahe. Ich begleitete sie auf ihrem Heimweg, und wir liefen zu Fuß die ganze Strecke vom Rosa-Luxemburg-Platz bis zu ihrer Schliemannstraße. Es hatte angefangen stark zu regnen. Claire hatte keinen Schirm dabei und ich nahm sie mit unter meinen, so dass sie sich unterhaken musste. Sie erzählte mir, dass sie selbst Klavier spiele, aber kaum noch zum Üben komme, weil Leute in ihrem Haus sich beschwert hätten. Ich erwähnte mein Schach-Hobby und dass das dann wohl ein Vorteil gegenüber der Musik sei, weil man es gewissermaßen schweigend betreiben könne, wenngleich die Musik an sich natürlich ebenfalls ohne Worte auskomme. »Nun ja, mit Worten scheinst du heute immerhin ganz gut umgehen zu können«, bemerkte sie lächelnd, »sonst fällt das ja bei dir nicht so sehr auf.« Um ihr zu beweisen, dass mir an Worten durchaus etwas lag, erzählte ich ihr von meinen Heym-Gedichten und las ihr – da standen wir schon im Torbogen ihres Hauses – aus einem meiner zerfledderten Heftchen ein paar *Berlin-Sonette* vor. Als wir uns verabschiedeten, legte sie mir die Hand auf meinen völlig durchnässten linken Ärmel. Es durchfuhr mich wie ein elektrischer Schlag. Claire schien es ähnlich ergangen zu sein, aber vielleicht bildete ich mir das auch nur ein. Ich hatte dann ja noch einen langen Heimweg vor mir; ich entsinne mich noch gut des seltsamen Schwebezustands, in dem ich zum S-Bahnhof Prenzlauer Allee gelangt war. Ich schwebte über die schmutzigen Pfützen, in denen sich im schummrigen Laternenlicht die windschiefen düsteren alten Häuser spiegelten. An der Prenzlauer nickten die massigen Gasometer zu mir herüber, und auf der Brücke über der Ringbahn zog ein derartiger Sturm auf, dass es meinen Mini-Schirm vollends entschärft hatte und ich ihn im nächstbesten Müllkübel entsorgte. Er hatte ja auch wirklich seine Schuldigkeit getan.

Es war nun aber nicht so, dass Claire und ich vom nächsten Tag an die besten Freundinnen gewesen wären. Die Anwandlungen der Nacht lassen sich eben nicht mit den Verrichtungen des Tages in Einklang bringen. Was sich in mir aber seit jener Nacht eingefressen hat, ist meine Liebe zu Stadtwanderungen, gar nicht mal unbedingt bei Nacht, wenn auch natürlich eher als bei Tag – als die mir gemäße Zeit erwies sich vielmehr die *Dämmerung*, wenn *Hell weckt Dunkel, Dunkel wehrt Schein*, das ist bis heute so geblieben. Was Claire und mich tagsüber in der Schule betraf, gingen wir uns dort fast noch mehr aus dem Weg als zuvor. In mir regte sich jetzt auch öfter Widerspruch zu Sachen, die sie im Unterricht mit dem Brustton der Überzeugung von sich gab. Es konnte dann sogar passieren, dass ich einen sarkastischen oder – wie ich fand – geistreichen Einwand machte, möglichst kurz und knapp, um nicht wieder ins Stottern zu geraten. Das brachte mir bei meinen Mitschülern einen gewissen Nimbus des Nonkonformistischen ein, was mir zugegebenermaßen schmeichelte. Claire aber brachte es regelmäßig auf die Palme, und wir gerieten mitunter ziemlich aneinander. Auch das verschaffte mir innerlich eine gewisse Genugtuung, ich mochte die Art, wie sie meinen Namen aussprach, gerade wenn sie zornig war. Ich mochte überhaupt ihre angenehme, recht tiefe Stimme. Ich war völlig verwirrt über meine Gefühlslage und suchte gleichzeitig Nähe und Distanz zu Claire. Wie es ihr dabei ging – keine Ahnung. Sie schien mich als merkwürdigen Kauz abzuhaken und machte sich wohl eher wegen unserer, wie sie es nannte, weltanschaulichen Differenzen Sorgen.

Wir besuchten wie gehabt in großen Abständen die Jugendanrechtskonzerte, aber anschließend liefen wir dann immer sofort zur U-Bahn hinunter, sie fuhr die zwei Stationen bis Dimitroffstraße, ich in die entgegengesetzte Richtung die eine Station bis zum Alexanderplatz und stieg dann in die Linie zum U-Bahnhof Tierpark um.

Eine neue Seite von Claire lernte ich eine ganze Zeit später kennen, und zwar nicht durch Claire selbst, sondern durch eine andere Person. Eines Sonntagnachmittags – das muss irgendwann bereits in der 11. Klasse gewesen sein – lief ich in der Kastanienallee unserer Deutschlehrerin über den Weg. In dieser Straße gab es damals einen Schachklub, in dem ich unzählige Wochenenden mit Turnier- und Wettkampfschach zugebracht habe. Er war in den sich über mehrere Höfe erstreckenden Räumlichkeiten hinter einer Kneipe untergebracht. Wenn man den letzten Hof betrat, traute man seinen Augen kaum: Dort hatten Anwohner einen kleinen Park angelegt. Das war der ideale Platz zum Ausspannen, wenn man gerade nicht am Zug war oder nach Spielende. An jenem Sonntag aber stand mir nicht der Sinn danach. Zu sehr haderte ich mit meiner soeben nach sechsstündigem Kampf beendeten Partie, in deren Zeitnotphase ich mehrmals aussichtsreichere Fortsetzungen verpasst hatte. Ich fühlte mich müde und zerschlagen und wusste aus Erfahrung, dass ich nun den Rest des Tages und wohl auch noch an den Folgetagen immer wieder verschiedene Stellungsbilder dieser Partie im Kopf herumwälzen würde. In dieser Stimmung durchquerte ich die zu nachmittäglicher Stunde bereits mit Zigarettenqualm und Bierdunst verhangene Kneipe, trat auf die Straße – und begegnete just in diesem Moment der Lehrerin, die sich angesichts des Ambientes wohl ihren Teil gedacht haben wird. Am liebsten hätte ich nun einfach so getan, als würde ich sie nicht erkennen, und wäre schnell weitergelaufen. Aber sie sprach mich sofort freundlich an, ob ich nicht auf einen Tee mit hinauf in ihre Wohnung kommen wolle, dann könne sie mir auch gleich meinen Mathematikhefter zurückgeben. Diese Lehrerin hatte ein ausgesprochen gutherziges, mütterliches Wesen. Es bereitete ihr allerdings große Mühe, das Interesse ihrer Schüler innerhalb der engen Grenzen des Lehrplans zu wecken; noch extremer zeigte sich dies in ihrem zweiten Unterrichtsfach Geschichte. Einige haben ihre Gutmütigkeit und Nachsicht weidlich ausgenutzt. So auch ich, die ich in ihren Stunden nur die Zeit abgesessen habe und in Ruhe gelassen werden wollte. Die Angelegenheit mit dem Mathematikhefter war daher für uns beide eher untypisch. In einer Deutschstunde, wenige Tage vor der zufälligen Begegnung in der Kastanienallee, hatte jemand einen Vortrag über ›unseren Nationaldichter‹ Johannes R. Becher gehalten. Währenddessen erledigten mein Banknachbar und ich Mathematikhausaufgaben. Wir bildeten immer ein gutes Gespann: Er war für Skizzen, Diagramme und dergleichen zuständig, ich für alles Rechnerische. Diesmal hatte ich es mit meiner Unaufmerksamkeit offenbar etwas übertrieben. Vielleicht hatte sich der oder die Vortragende zu sehr ins Zeug gelegt, vielleicht verehrte aber auch unsere Lehrerin ausgerechnet Becher. Jedenfalls wurde nun ein für sie ungewöhnliches Aufhebens um meinen Hefter gemacht. Und als sie auf diesem dann auch noch den von mir in irgendeiner Unterrichtsstunde hingeworfenen Satz »Ich will hier raus!« entdeckte, konfiszierte sie ihn kurzerhand. Meine kleinlaut vorgebrachte Rechtfertigung, dass mir die Lyrik des jungen Becher nun mal mehr liege, kam wohl auch nicht so gut an. Sie ließ dann aber die ganze Sache auf sich beruhen. Und jetzt wollte sie mir meinen Hefter eben wiedergeben. Sie wohnte nur ein paar Meter weiter. Von außen sah ihr Haus ziemlich heruntergekommen aus mit seinem an vielen Stellen abbröckelnden Grauputz und einigen gesperrten Balkons. Aber das großzügige Treppenhaus mit dem vielen Stuck und den bemalten Glasfenstern machte wirklich etwas her. Auf jeder Etage lagen zwei Wohnungen mit riesigen Flügeltüren, an deren Seiten Klingelzüge mit Löwenköpfen angebracht waren. Zuerst trat man in eine dunkle Diele, von dem sich anschließenden langen Flur gingen mindestens drei Zimmer ab, die die Größe von Sälen hatten. Der Flur endete im Berliner Zimmer, das offenbar als Wohn- und Fernsehsalon diente, von dort ging es in einen zweiten, kürzeren Flur zu einer recht kleinen Küche und einem winzigen Bad. Daneben befand sich eine weitere Tür – der ehemalige Dienstbotenaufgang, wie die Lehrerin mir erklärte. Die riesige Wohnung flößte mir Ehrfurcht ein, wirkte auf mich aber auch etwas unheimlich. Die hohen Decken ließen die Räume trotz ihrer Größe wie Höhlen erscheinen. Es war nicht schmuddelig oder so, aber es lag doch ein etwas muffiger Geruch über allem. Als ich auf Toilette musste, hätte ich mich auf dem Rückweg fast verlaufen, dann fauchte mich auch noch ein alter, offenbar ziemlich gestörter Kater an. Die gesamte Wohnung war mit Bildern vollgehängt. Die Lehrerin erzählte, dass ihr Mann seit seiner Erkrankung unentwegt male. Sie könnten schon deshalb nie mehr aus der Wohnung heraus, weil sie gar nicht wüssten, wohin mit den vielen Gemälden. Es waren aber auch nicht wenige Bücherschränke vorhanden. Eine Werkausgabe ihres über alles geliebten Heinrich Heine durfte natürlich nicht fehlen, aber ich erspähte auch einen Band mit Becher-Gedichten. Und genau diesen zog sie nun heraus und las mir mit getragener Stimme eine ganze Reihe von Versen aus Bechers Emigrationszeit vor. Anschließend wollte sie von mir wissen, ob ich diese nicht schön fände. Ich sagte, und das meinte ich auch ganz aufrichtig, dass sie mir gefielen, aber dass sie irgendwie zu weit weg von mir seien, mich nicht ansprechen, nicht aufwühlen würden, eben im Gegensatz zu einigen seiner frühen Gedichte. Sie nickte verständnisvoll, gab aber zu bedenken, dass sie das Maßvolle immer dem Maßlosen vorziehen würde. Und dann fragte sie unvermittelt, was denn bloß mit mir los sei, sie mache sich schon länger Gedanken. Was sollte ich darauf antworten? Mir war ziemlich unbehaglich zumute, und so war ich fast erleichtert, als plötzlich eine schmale, einem Gespenst gleichende Gestalt im Türrahmen auftauchte. Die Lehrerin stellte mich ihrem Mann vor, und dieser erkundigte sich mit leiser, fast brüchiger Stimme, ob ich eine Mitschülerin von Claire sei. Es zeigte sich, dass sie sich in einer Klinik kennengelernt hatten. Er war dort monatelang als Patient untergebracht, sie arbeitete stundenweise an den Wochenenden und in den Ferien auf seiner Station.

Auf dem Rückweg kam ich wieder an dem Schachklub vorbei. Es erschien mir auf einmal so unwirklich, dass ich den Großteil meines Sonntags mit einer einzigen Schachpartie zugebracht habe, während Claire sich zur gleichen Zeit um hilfsbedürftige Menschen kümmerte. Nachdenklich lief ich weiter zum U-Bahnhof Dimitroffstraße. Diese U-Bahnlinie faszinierte mich immer wieder, gerade zwischen Senefelder Platz und Dimitroffstraße, wenn die Bahn aus dem Schacht emporrauscht und zur Hochbahn wird, oder eben in umgekehrter Richtung, wenn man sich mit dem Zug hinunterstürzt und im nächsten Moment *die Gleise schrein vom Bremsendruck.*

Ich sprach Claire gleich am nächsten Tag auf ihre Arbeitseinsätze an, und sie schien sich ehrlich über mein Interesse zu freuen. Sie erzählte, dass sie schon von klein auf wie ihre Mutter Ärztin werden wollte. Durch die Arbeit auf der Station habe sie anfangs lediglich etwas praktische Erfahrungen sammeln wollen, aber das Schicksal der Menschen dort habe sie dann doch so ergriffen, dass es nunmehr schon fast eine Lebensaufgabe geworden sei. Sie müsse sich jetzt mitunter zusammenreißen, darüber nicht die Schule zu vernachlässigen. Ihr angestrebtes Medizinstudium dürfe keinesfalls in Gefahr geraten.

Claire und ich freundeten uns jetzt doch etwas näher an, beharkten uns auch nicht mehr so sehr im Unterricht. Bei mir lag das eindeutig mit daran, dass meine Gefühlslage wieder klar war. Als ob jemand einen Hebel umgelegt hatte, waren alle Verwirrungen verschwunden und schlichen sich nur manchmal als Erinnerungsfetzen in mein Gedächtnis, ein ungläubiges Lächeln verursachend. Einmal habe ich ganz bewusst jenen Abendspaziergang kopieren wollen. Ich hatte mir im Kino *Colosseum* an der Schönhauser Allee zum dritten oder vierten Mal den Film *Märkische Forschungen* angesehen und anstatt nun gleich zur S-Bahn hinunter- oder zur U-Bahn hinaufzusteigen, machte ich mich auf zum S-Bahnhof Prenzlauer Allee. Ich versuchte, an Claire zu denken, aber das löste nichts in mir aus – erst die Erinnerung an die Gasometer, die im vorangegangenen Sommer gesprengt worden waren, riss eine Wunde in mir auf, aber dass ich da an der Prenzlauer vor dieser Leere in Tränen ausbrach, hatte nun wirklich nichts mit Claire zu tun.

Von den Konzertbesuchen abgesehen, haben Claire und ich allerdings kaum Freizeit miteinander verbracht. Sie rannte zu ihren Versammlungen, arbeitete immer öfter in der Klinik, und nicht zuletzt hatte sie einen Verehrer, einen Jungen aus einem höheren Jahrgang, an dem sie zwar kein sonderliches Interesse zeigte, der ihr aber ausdauernd hinterherlief. Und auch ich hatte ja mein Schach – und ich hatte Anton. Am Ende der 11. Klasse kam es dann aber doch zu einem heftigen Zusammenstoß zwischen Claire und mir. Wir hatten zwei oder drei Wochen lang einen Lehrgang in Zivilverteidigung zu absolvieren. Geleitet wurde dieser von unserem Russischlehrer. Der war extrem linientreu und verstand in dieser Hinsicht überhaupt keinen Spaß. Besonders die Jungen wurden von ihm unter Druck gesetzt, sich für drei Jahre Armeedienst zu entscheiden. Mir haben die deswegen unendlich leid getan. Drei Jahre – das kam mir vor wie lebenslänglich. Das war aber nur die eine Seite jenes Lehrers. In seinem Fach nämlich hatte er richtig viel drauf. Er verehrte die russische Sprache über alle Maßen, las Tolstoi und Dostojewski im Original. Und er weckte auch bei uns durchaus das Interesse, zeigte dabei gleichermaßen Strenge wie Nachsicht. Ich genoss bei ihm wegen meines Schachs offenbar eine Art von Narrenfreiheit. Seit ich Franz Werfels *Abituriententag* gelesen hatte, habe ich ihn für mich *Kio* genannt. Abgesehen von den *göttlichen Vatereigenschaften*, fand ich das auch für die Sprache passend, war doch das Russische in unserer Zeit in gewissem Sinne das Latein von damals. Kio oblag nun, wie gesagt, auch die Zivilverteidigung an unserer Schule. Zum Lehrgang gehörte auch ein Crosslauf durch den Friedrichshain. Start und

Ziel war am polnischen Denkmal, eine große abgesteckte Runde war mehrmals zu durchlaufen. Nach der ersten absentierte ich mich und zog mich auf ›meinen‹ *Friedhof der Märzgefallenen* zurück, um dort die weiteren Runden abzuwarten und mich dann auf der letzten wieder einzuklinken. Claire musste das beobachtet haben, nach der folgenden Runde tauchte sie jedenfalls auch dort auf und machte mir schwere Vorhaltungen, so nach dem Motto, ich würde nur nehmen und nicht geben. Es sei so leicht, auf Vater Staat zu schimpfen, die Hand zu schlagen, die dich nährt. Ich hatte mich aus diesem blöden Crosslauf verabschiedet, weil ich mit meiner schwachen Kondition einfach nicht mehr konnte. Aber jetzt fühlte ich mich doch von Claires Auftreten provoziert und hielt ihr entgegen, dass es für sie als Sportskanone und mit ihren klaren Standpunkten vielleicht schwerer als für mich sportliche Niete mit Selbstzweifeln zu erkennen sei, wie absurd dieser ganze militaristische Quatsch sei. Und da ich gerade dabei war, ließ ich meinen ganzen Frust über *meine Zeit* heraus, wie überhaupt alles sinnentleert und langweilig sei. Claire schüttelte nur fassungslos den Kopf und ließ sich neben mir auf dem Boden nieder.

»Schau«, ich zeigte auf einen der Grabsteine, »dort steht ›Arbeitsmann‹. ›Arbeiter‹ war damals offenbar unüblich. Dass man aber zwischenzeitlich den *Arbeiter* als einen an die *Drehbank geschmiedeten lichtlosen Prometheus* anrief, scheint mir heutzutage noch unzeitgemäßer zu sein.« Dann zog ich ein

Heft hervor und las ihr das Gedicht *Die Märzgefallenen* von Georg Heym vor. »Ist es für dich nicht auch eigentümlich, dass er vor einigen Jahrzehnten genau hier war, wo wir jetzt sind?« – »Vielleicht war er gar nicht selbst hier, vielleicht hat er das Gedicht irgendwo im stillen Kämmerlein geschrieben. Und übrigens ist das auch gar nicht so wichtig. Du lebst zu sehr in deinen Gedichten, nicht im Hier und Jetzt, das speist du höchstens mit zynischen Kommentaren ab und gefällst dir noch darin. Das ist genau dein Problem.« – »Und dein Problem, Claire, ist, dass du zu sehr im Hier und Jetzt lebst. Für dich ist alles klar, du hinterfragst nichts. *Die Lehre ist allmächtig, weil sie wahr ist.*« – »Du ergötzt dich an hässlichen Gedichten von Verwesung und so – du verstehst ja so viel von den Unverstandenen, bist ja selbst so eine Unverstandene. Aber wenn es konkret wird, flüchtest du vor der Realität auf Friedhöfe.« Ich schwieg betroffen. Sie hatte im Grunde ja so recht, ich nahm sie in den Arm. Sie sagte gefasst: »Ich habe in der Klinik so oft mit Menschen zu tun, denen nicht mehr zu helfen ist. Aber ich werde Ärztin werden und andere Menschenleben retten.«

Der Crosslauf war längst vorüber, wir hatten gar nicht mehr auf die letzte Runde geachtet. Das drohende Ungemach fiel nicht gar so schlimm aus. Ich gab einen Schwächeanfall vor, bei dem mir Claire hilfreich zur Seite gestanden habe. Kio machte uns nicht zu potentiellen Vaterlandsverrätern im Ernstfall, sondern beließ es bei einer Belehrung über das ›Meldung machen‹. Er konnte sich nicht verkneifen, die Nützlichkeit des im Zivilverteidigungslehrgang eingebetteten Erste-Hilfe-Kurses zu betonen, und das, wo doch manche mit ausgesprochener Unlust bei der Sache seien, er wolle ja niemanden scharf ansehen, nicht wahr, Janet.

Claire verhielt sich danach ausgesprochen reserviert mir gegenüber, woran sich auch in den ersten Wochen nach den Sommerferien nichts änderte. Nun aber, nach Milans Selbstmord, kam ausgerechnet sie auf mich zu. Es zeigte sich, dass auch Milans Mutter Ärztin war und beide Mütter früher zusammengearbeitet hatten. Milans Mutter wollte nach dem Tod des Sohnes aus Berlin fortziehen und ihre Wohnung auflösen. Unter den Wertgegenständen, die sie verkaufen wollte, befand sich Milans Schachcomputer. Und Claire hatte gesagt, sie wüsste da jemanden, der sich mit solchen Dingen auskenne. Und so sollte ich nun eines Nachmittags nach der Schule mit ihr zu der Wohnung fahren und mein Expertenurteil abgeben. Claire hatte sich nie für mein Schach interessiert, sie stand ihm sogar eher feindselig gegenüber, hielt es für reine Zeitverschwendung. Dass sie mich nun in diese Sache hineinzog, erfüllte mich mit Unbehagen. Meine Beschäftigung mit Schach hatte überhaupt nichts mit Schachcomputern zu tun. Mit einer solchen Maschine war ich erst ein einziges Mal in Berührung gekommen, und das lag fünf oder sechs Jahre zurück. Ich hatte damals mit Begeisterung das *Prometheusbuch* von Franz Fühmann gelesen und wusste von meinem Vater, dass eigentlich noch zwei weitere Bände folgen sollten. In meiner kindlichen Unbekümmertheit schrieb ich eines Tages einen Brief an Fühmann, wann denn nun endlich sein nächster *Prometheusband* erscheinen würde. Er antwortete mir mit einem langen Brief und lud mich zu sich nach Märkisch Buchholz ein. Ich war aufgeregt, aber auch gehemmt im Beisein des großen Autors. Ich bekam kaum die Zähne auseinander, und für ihn war die Diskrepanz zwischen meiner Offenheit im Brief und meiner Verschlossenheit in natura gewiss enttäuschend. Beim Thema Schach allerdings konnte ich ihn beeindrucken. Er war ein Liebhaber dieses Spiels und besaß einen Schachcomputer. Gegen den spielte ich nun mehrere Partien und gewann allesamt. Das wird auf einer leichten Stufe gewesen sein, außerdem kann man die damaligen Maschinen nicht mit den heutigen vergleichen. Fühmann hat mir ein altes Schachbuch von Savielly Tartakower geschenkt. Ob wir auch noch über Prometheus gesprochen haben, weiß ich nicht mehr, ich glaube nicht. Mein Vater erzählte mir später einmal, dass Fühmann das Projekt nicht weiterführen konnte, weil die Gestalt des Prometheus, jedenfalls so, wie er sie eigentlich angelegt hatte, für ihn problematisch geworden war.

Wie auch immer, ich hatte jedenfalls keinerlei Interesse an Schachcomputern und war für Claires Unternehmen schon von daher gänzlich ungeeignet. Wir liefen zum S-Bahnhof Leninallee und fuhren die drei Stationen bis Schönhauser Allee. Die Wohnung befand sich nur wenige Meter vom

Bahnhof entfernt direkt an der Schönhauser. Beklommen stiegen wir die Treppen hinauf und klingelten an der Tür. Eine verhärmte Frau, mindestens zehn Jahre älter wirkend, als sie war, öffnete uns und schlurfte voraus den langen Flur entlang zu Milans Zimmer. Ich kam mir ein wenig vor wie in der Wohnung unserer Deutschlehrerin, zumindest wirkte sie ähnlich düster und unheimlich. Hier allerdings war der Flur kahl und nackt, nicht wie dort mit Bildern und Bücherschränken vollgestopft. Es war die Wohnung einer Toten. Dagegen wirkte Milans geräumiges Zimmer geradezu lebendig. Ich traute mich nicht, mich groß darin umzuschauen, nahm aber doch die lustigen Karikaturen an der Wand, die Gitarre in der Ecke und das frisch bezogene Bett wahr und daneben einen Nachttisch, der sich unter einem Bücherstapel bog. Auf dem breiten Schreibtisch stand schon der Schachcomputer für mich bereit. Claire zog sich mit Milans Mutter in eine Zimmerecke zurück und unterhielt sich mit ihr im Flüsterton. Ich drückte unbeholfen ein paar Knöpfe, hatte dann schnell heraus, wie man Stellungen eingibt und spielte auch ein paar Züge. Vor allem aber starrte ich immer wieder aus dem Fenster, vor dem in kurzen Abständen die Wagen der Hochbahn entlangdonnerten. Ich wünschte mich in einen dieser Züge, ich wäre so gern aus dieser Todesgruft davongerauscht. Zur Qualität der Maschine konnte ich nicht viel sagen, für den damaligen Stand war sie sicher ganz in Ordnung, für die Schachspieler, die ich kannte, aber doch zu schwach, und dafür dann natürlich auch viel zu teuer. Aber genau das wollte Milans Mutter von mir wissen: ob sie den Schachcomputer für den Preis verkaufen könne. Ich murmelte etwas in der Art, dass ich mir das schon vorstellen könnte und mich auch mal umhören wollte. Dann verließen Claire und ich diese schreckliche Wohnung.

Ich stieg nicht gleich zur S-Bahn hinunter, sondern begleitete Claire noch ein Stück. Wir schwiegen die meiste Zeit. Claire führte mich zu einem Friedhofstor in der Pappelallee. Ich kannte den Friedhof aus dem Film *Solo Sunny*. Ich hatte ihn nach dem Film lange gesucht und war dann stolz, ihn endlich gefunden zu haben. Das Tor war verschlossen. »Ich dachte, du hasst Friedhöfe.« – »Ja schon, aber ich dachte, es würde dich wieder inspirieren, mir Gedichte von zersetzten Leichen vorzulesen. Du hast doch deine Hefte sicher dabei.« Claire knüpfte nahtlos an unsere Kontroverse auf dem *Friedhof der Märzgefallenen* an. »Was guckst du mich so geschockt an? Es ist schon etwas anderes, von Selbstmorden, gar Schülerselbstmorden zu lesen und es abgeklärt und zynisch in die große Gesellschaftskritik einzubauen, als dann auf einmal selbst damit umgehen zu müssen, oder?« Es stimmte, es war etwas anderes. Aber ihre Selbstgerechtigkeit verletzte mich. »Und was ist mit dir? Macht dich die Tatsache, dass du ständig kranke Menschen um dich hast und Ärztin werden willst, zu einem besseren Menschen? Und läuft nicht Tod, geschweige denn Selbstmord, deinem grundsätzlichen Gesellschaftsbild zuwider?«

Ich brach ab, denn ich merkte selbst, dass ich mich gerade im Film *Solo Sunny* befand. Konnte ich nur noch in fremder Literatur und jetzt auch Filmen leben, statt etwas Eigenes zu schaffen? Ich war zutiefst erschüttert von dieser Erkenntnis und fühlte mich regelrecht schrumpfen, wäre am liebsten im Boden versunken. Ich ließ Claire einfach stehen.

Wir gingen uns von da an wieder aus dem Weg, ich zog mich auch sonst in der Schule gänzlich zurück. Ich sagte Claire nach etwa zwei Wochen, dass ich nichts erreichen konnte in Sachen Schachcomputer. Sie nickte nur gleichgültig, schien nichts anderes erwartet zu haben. Aber das Zerwürfnis mit Claire war nicht der eigentliche Grund für meinen vollständigen Rückzug. In jenen Wochen begann mich meine Geschichte mit Anton und Schach so in Beschlag zu nehmen, dass alles andere absolut unwichtig wurde.

# d4

Ich kannte Anton ziemlich genauso lange wie Claire, denn ungefähr zeitgleich mit meiner Aufnahme in die *Schliemannschule* begann ich, ein ganz besonderes Schachtraining zu besuchen. Das fand immer an einem Abend in der Woche statt, und zwar gar nicht so weit von meiner Schule entfernt, in der Nähe vom S-Bahnhof Greifswalder Straße. Im Erdgeschoss einer alten Mietskaserne befand sich damals eine Art Klub. Hinten gab es noch weitere Räumlichkeiten, aber die Hauptsache war ein großer Saal, an dessen Stirnseite auf einer niedrigen Bühne ein Demonstrationsbrett stand, an dem unser Trainer Schach wie in einem Theater zelebrierte. Wir waren eine Gruppe von Jugendlichen aus verschiedenen Berliner Schachvereinen. In Wettkampfpartien an den Wochenenden oder auch im freien Spiel an den Vereinsabenden hatten wir schon mehr oder minder beeindruckende Erfolge errungen. Aber wirklich etwas vom Schach verstanden oder auch nur einen Anflug eines solchen Verstehens bekommen, haben wir erst hier. Unser Trainer führte ein ziemlich strenges Regiment. Seinen richtigen Namen weiß ich nicht und habe ich auch nie gewusst, wir hatten eine Art Spitznamen für ihn, aber auch der ist mir entfallen. Nennen wir ihn einfach *Anonymus* oder – würfeln wir die Buchstaben durcheinander – *Sumynano*. Jede

Trainingssitzung begann mit einem Test. Sumynano diktierte uns eine Reihe von Aufgaben, die wir dann – jeder hatte ein eigenes Brett vor sich – abzuarbeiten hatten. Die Aufgaben hatten es echt in sich, und die Köpfe rauchten ordentlich von all den taktischen Berechnungen und strategischen Stellungsbeurteilungen. Danach kam meistens das Demonstrationsbrett zum Einsatz, mal wurde eine strittige Eröffnungsvariante besprochen, mal ein Endspiel analysiert. Mitunter zeigte uns Sumynano auch eine Partie aus seiner eigenen Wettkampfpraxis. Er war ein Meisterspieler, wenngleich ihm der ganz große Erfolg versagt geblieben war. Die dreistündige intensive Kopfarbeit nach einem langen Schultag war nicht jedermanns Sache und so verkleinerte sich unser Zirkel recht schnell. Unter den regelmäßigen Teilnehmern war eben außer mir auch Anton. Man darf wohl sagen, dass wir beide Blut geleckt hatten, und unsere Leidenschaft blieb auch Sumynano nicht verborgen. Er war aber immer auf Distanz bedacht, zeigte kaum Emotionen. Mit Lob war er sehr zurückhaltend, allerdings auch mit Tadel. Wir hatten eine kurze Strecke unseres Heimwegs gemeinsam: zu Fuß bis zum S-Bahnhof Greifswalder Straße, dann noch ein Stück mit der S-Bahn. Er fuhr gerade mal die zwei Stationen bis Storkower Straße mit, während es für mich entweder bis Frankfurter Allee und dann mit der U-Bahn bis Tierpark weiterging oder alternativ bis Ostkreuz und dann mit der S-Bahn bis Betriebsbahnhof Rummelsburg. Diese zweite Variante wurde später zur bevorzugten; es hatte sich nämlich das Ritual ergeben, dass mich Anton nach Hause begleitete. Anton wohnte in Friedrichshagen, so dass wir dieselbe S-Bahn Richtung Erkner benutzten. An der Station Betriebsbahnhof Rummelsburg stieg er mit aus, lief mit mir den Kilometer durch teils einsames Gelände zum Aufgang meines Wohnblocks, dann alles wieder zurück, um seine Fahrt fortzusetzen. Bei meiner Mutter hatte er – unbekannterweise – deshalb einen Stein im Brett. Mir war es anfangs nicht so recht, aber dann habe ich diese nächtlichen Spaziergänge sehr genossen. Auf diesen lernten wir uns näher kennen, sprachen über Schach und Gott und die Welt. Ich kam natürlich oft auf ›meine Expressionisten‹ zu sprechen, er auf ›seine‹ *Science Fiction*-Literatur. Besonders Zeitreisen hatten es ihm angetan. Er konnte mir stundenlange Vorträge darüber halten, warum man nicht in die Vergangenheit eingreifen kann und darf. Viel diskutierten wir aber auch über Musik. Wir mochten beide *Pankow* und *Silly* sehr gern, mit meinen Liedermachern konnte er weniger anfangen, ich genauso wenig mit seinem *Hard Rock* und *Punk*. Obwohl er mit seinen Eltern und Geschwistern in einem schicken Häuschen eher dörflich wohnte und ich mit meinem öden Neubauviertel nun auch nicht gerade aus einem Zentrum der Urbanität kam, fühlten wir uns beide durch und durch als Großstädter. Und zumindest fuhren wir ja tagein, tagaus in die laute Stadt hinein: *Berlin! In dessen Brust die Brut der Fieber haust!* Auch Anton hatte zu seiner Mathematikspezialschule in Friedrichshain einen weiten Weg. Den Tag-Anton mochte ich allerdings viel weniger, der erinnerte stark an Claire. Aber ich vermied die Missklänge, das war leicht, weil wir uns tagsüber kaum sahen.

In Erinnerung geblieben ist mir ein Sommerabend 1985. Anton und ich besuchten ein Rockkonzert auf der *Insel der Jugend* in Treptow. Es war ein ungeheurer Menschenauflauf und Krach. Tief in der Nacht, nach dem Konzert, als die letzten trunkenen Besucher abgezogen waren, hockten wir am Ufer der Spree und starrten aufs finstere Wasser. *Es schießt die Zeit wie dunkles Wasser, heftig, rasch und unerkannt.* Mir kam ein Song eines polnischen Sängers in den Sinn, der sich nach einem Fluss benannt hatte: *Czas jak rzeka.* »Panta rhei«, sagte ich spontan. »Hieß so nicht früher *Karat?*« – »Ja, ich glaube. Aber ich dachte jetzt mehr an Heraklit und Platon.« – »Da muss ich komplett passen.« – »Ich kenne mich da auch nicht aus, aber ich will mehr darüber erfahren. Unser Lehrer für Latein und Griechisch hat letztens davon gesprochen. Auch von Thales und Pythagoras, ja, klar, die kennst du natürlich.«

Anton hatte seinen Arm um mich gelegt, was mich zusammenzucken und verkrampfen ließ. Was war bloß mit mir los? Ich streckte Leuten, die ich mochte, meine Hände entgegen, aber nur, um sie abzuwehren. Ich wollte einen guten Freund, aber keinen festen.

Zum Greifen nahe schien gegenüber das riesengroße *Kraftwerk Klingenberg*, es kam mir wie ein technisches Wunder und zugleich wie ein Denkmal aus der Vergangenheit vor, allerdings ein sehr aktives; es bullerte kräftig aus den Schornsteinen, die den nächtlichen Himmel aufspießten: *In dem Idylle sahn wir der Riesenschlote Nachtfanale.* Ich spürte einen Kloß im Hals, nicht wegen Anton, sondern weil ich plötzlich wieder an die Gasometer von der Prenzlauer Allee denken musste. Nicht weit vom *Klingenberg* entfernt hinter einem Bahndamm, *wo die Weltstadt ebbt*, war ein großes Neubaugebiet zu erkennen. Ich brauchte eine ganze Weile, ehe mir klar wurde, dass das mein Wohnviertel war. Ich hatte es aus dieser Perspektive noch nie wahrgenommen. Ich hatte keine Lust, zum S-Bahnhof Treptower Park zurückzulaufen, und schlug Anton stattdessen vor, uns zu Fuß aufzumachen. Es hat dann ewig gedauert, bis wir überhaupt zu einer Brücke gelangten, und dann war es noch ein endloser Marsch bis zu meinem Block. Aber wir haben uns die ganze Zeit unterhalten. Die alte Lockerheit hatte sich schnell wieder eingestellt. Wir haben sogar über Zukunftspläne gesprochen, und als mich Anton fragte, ob ich denn mal eine Familie haben wollte, antwortete ich spontan: »Auf alle Fälle Kinder, mindestens zwei.«

Nach jenem Sommer ging also unser letztes Schuljahr los, auch die Schachsitzungen mit Sumynano setzten wieder ein. An einem Abend waren, wie schon öfters, nur Anton und ich da. Um die Zeit zu überbrücken, bis noch ein paar andere eventuell eintrudeln würden, drückte uns Sumynano mehrere sowjetische Schachzeitungen in die Hand, auf die wir uns sogleich heißhungrig stürzten. Dazwischen war allerdings auch eine Zeitung mit Aufgaben zur Mathematikolympiade geraten. Ich schob sie sofort unwillig zur Seite, während Anton ihr dasselbe Interesse wie den Schachzeitungen entgegenbrachte. Sumynano hatte das mit einem Lächeln registriert und mir kam später in den Sinn, dass das womöglich ein psychologischer Test gewesen sein könnte. Falls er meine Reaktion als ein einseitiges pro-schachliches Interesse gedeutet haben sollte, behielt er das für sich und belehrte mich stattdessen über die engen Bezüge von Schach und Mathematik. Schließlich sei auch Emanuel Lasker Mathematiker gewesen. Er wolle mir demnächst gern eine Biographie über Lasker ausleihen.

Am selben Abend erzählte uns Sumynano ein wenig über die sogenannte *Hypermoderne Schule* der 1910er und 1920er Jahre, die die Aufsprengung der herkömmlichen Vorstellungen von Raum und Zeit aufgegriffen und daraus *neue – expressionistische – Ideen* für das Schachspiel entwickelt hatte. Er zeigte uns dann am Demonstrationsbrett die berühmte Studie von Richard Réti. Du kennst sie sicher: die, wo der Weiße, dessen König in der Ausgangsposition auf dem Eckfeld h8 steht, in scheinbarer Verluststellung noch Remis hält. Ich sah diese Studie an jenem Septemberabend des Jahres 1985 zum ersten Mal – und sie hat mich verzaubert. Es war, als ob die Holzfiguren lebendig geworden waren: Ihnen war von einem genialen Geist Atem eingehaucht worden. Der weiße König schwebte über einige Felder der langen Diagonalen von a1 bis h8. Rétis Grundidee faszinierte mich über alle Maßen. All die komplizierten und ausgeklügelten Ableitungen späterer Komponisten, die Sumynano und Anton mit wachsender Begeisterung analysierten, reichten aus meiner Sicht nicht an diese Ursprungsidee Rétis heran, die durch ihre Einfachheit bestach. Tief in mir hatte sich das Gefühl verankert, ein wahres Kunstwerk geschaut zu haben.

Kurze Zeit danach passierte die Sache mit Milan. Ich erwähnte sie Anton gegenüber, ging auch nach wie vor zum Training. Ich konnte mich dort aber kaum konzentrieren, was Sumynano natürlich nicht verborgen blieb. Kaum hatte er vom Hintergrund erfahren, hatte er auch schon ein passendes Beispiel aus der Schachgeschichte parat. Er erzählte uns von dem Berliner Meisterspieler Curt von Bardeleben, der 1924 aus dem Fenster zu Tode stürzte, wobei nie geklärt werden konnte, ob es sich um Selbstmord oder nicht doch eher um einen Unfall gehandelt hatte. Sumynano erwähnte dann noch, dass Vladimir Nabokov diesen Fall im Roman *Lushins Verteidigung* verarbeitet habe. Ich konnte, ehrlich gesagt, keinen Trost aus der Art des Todes ableiten. Ich musste wieder an den *Werther* denken, diesmal an seine *neuen Leiden*, die ja tatsächlich in einen Unfall mündeten. Vor allem aber kam mir Georg Heym in den Sinn, *der nicht den Weg wusste* und der sich jenem so verwandt fühlte, der durch ›Doppelselbstmord‹ starb, weil ihm *auf Erden nicht zu helfen war.* In Heyms Gedichten ging es so oft um Todessehnsucht, gestorben aber war er 24-jährig durch einen Unfall beim Eislaufen auf der Havel gemeinsam mit seinem Freund Ernst Balcke. Von Heym blieben wenigstens seine Werke, was blieb von seinem Freund, was blieb von Milan, was von Curt von Bardeleben? Ich musste laut gedacht haben, denn Sumynano sagte: »Na immerhin seine Partien. Wenn ihr wollt, kann ich einige heraussuchen. Ich habe jede Menge alter Zeitungen und Turnierbücher zu Hause archiviert.« Er überraschte uns immer wieder! Archivarius Sumynano! Bisher hatten wir von ihm nur gewusst, dass er sein Brot als Übersetzer verdiente und vor vielen Jahren ein Philosophiestudium abgebrochen hatte.

An den folgenden Trainingsabenden spielten Anton und ich nun also etliche Partien von Curt von Bardeleben nach. Sie waren von recht unterschiedlicher Qualität, aber wir gingen nie in eine tiefere Analyse, erfreuten uns höchstens mal an dem ein oder anderen Motiv oder wunderten uns auch mal über den ein oder anderen Fehler. Wir gingen nach keinem besonderen System vor, zogen die Partien einfach so durch, wie sie gerade kamen beziehungsweise wie Sumynano sie aus seinem Archiv gefischt hat.

Aber dann, eines Abends, geschah es! Wir hatten wieder mal eine Partie beim Wickel; diesmal handelte es sich um eine Wettkampfpartie zwischen einem Schachmeister namens Oscar Tenner, der die weißen Steine führte, und eben Curt von Bardeleben. Gespielt wurde die Partie in einem Café in Berlin am 15. April 1910. Es war anfangs so wie immer, Anton und ich führten schnell die Eröffnungszüge aus der *Spanischen Partie* aus. Das Spiel plätscherte so dahin, und ich erinnere mich noch, dass ich einen Blick aufs Ende der Notation warf und bedient war: Erst nach mehr als siebzig Zügen würde die Partie mit einem Weißsieg ein Ende nehmen. Im Nachhinein stellte sich diese lange Dauer als ein Glücksfall für uns heraus. Wie hätten wir sonst zurückkommen können?! Aber der Reihe nach: Um den zwanzigsten Zug herum passierte etwas sehr Seltsames. Als ich meinen Zug ausführte, saß mir auf einmal nicht mehr Anton gegenüber, sondern ein bärtiger Mann um die fünfzig. Er trug einen Anzug und hatte die hohe Stirn in Falten gelegt. Aber auch Anton war da! Er schwebte wie ein Gespenst über dem Brett und reichte mir seine Hand. Ich ergriff sie, und wir beide stiegen aus der Stellung heraus und fanden uns inmitten einer Gruppe von Menschen wieder, die sich um den Spieltisch geschart hatten. Ich erkannte nun, dass auch ich sozusagen immaterialisiert worden war. Anton und ich schauten uns mehr neugierig als entsetzt an. Wir hielten uns bei den Händen, um uns nicht zu verlieren, und schwebten durch die Räumlichkeiten. Das Café war gut gefüllt, es war recht laut, und es roch stark nach Tabak. Niemand nahm uns wahr, wir konnten uns nicht untereinander verständigen, aber wir konnten die Stimmen der Leute verstehen. Und wir konnten tasten und sogar greifen. Wir rührten aber nichts an; sollten wir tatsächlich in der Zeit gereist sein, so durften wir uns keinesfalls bemerkbar machen. Vor allem aber mussten wir wieder zurückgelangen. Ich war nicht in der Lage, einen klaren Gedanken zu fassen, zu sehr war ich mit meinem körperlichen Nicht-Zustand beschäftigt. Anton schien es nicht anders zu gehen; wir drückten uns in eine Ecke, hielten uns nach wie vor an der Hand und versuchten, die Kontrolle über unsere Situation zu bekommen. Ich weiß nicht, wie lange wir dort gehockt haben. Wir hörten plötzlich ein paar Gesprächsfetzen direkt neben uns und richteten unsere Aufmerksamkeit auf die beiden jungen Männer, die unweit von uns an einem Schachspieltisch saßen und sich unterhielten. Die beiden redeten sich mit *Ernst* und *Hans* an. Ernst trug kurzes blondes Haar, hatte feine zarte Gesichtszüge, seine Blicke wirkten scheu und verstohlen. Hans war stämmig gebaut, machte einen etwas grobschlächtigen Eindruck, die kurzen dunklen Haare verdeckten nur schlecht eine beginnende Glatze. Er wirkte etwas hektisch und gehetzt, was nicht so recht zu seiner bedächtigen Sprechweise passen wollte. Ernst sagte, er hätte wieder zwei neue Aufgaben von seinem Onkel aus Schönebeck bekommen, die es ziemlich in sich hätten. Er baute sie nacheinander auf; es handelte sich um geistreiche, aber nicht zu komplizierte Zwei- oder Dreizüger. Es juckte mir in den Fingern, die Lösungszüge quasi von Geisterhand auszuführen. Anton warf mir unnötigerweise einen beschwörenden Blick zu. Ich wusste selbst, dass ich das auf keinen Fall machen durfte. Nachdem Hans und Ernst eine Weile gegrübelt hatten, zog jeder von ihnen eine Brieftasche hervor und klappte sie auf. Es zeigte sich, dass es sich um Taschenschachspiele handelte. Sie fingen nun an, jeweils eine Aufgabe aufzubauen. Es war offensichtlich gar nicht so einfach, die winzigen Figurenplättchen in die jeweiligen Schlitze unter den Feldern zu stecken. Hans mit seinen dicken Fingern hatte jedenfalls erhebliche Mühe damit und musste sich von Ernst helfen lassen. Beide versprachen dann einander, sich an den Lösungen der Aufgaben zu versuchen, und verabredeten, sich »in ein paar Tagen, nämlich in der Nacht des Weltuntergangs, bei mir zu Hause wieder zu treffen«, wie Ernst sich lachend ausdrückte. Auch Hans musste daraufhin schmunzeln, während er sein Schachspiel in die Brusttasche schob. Als er aufsah, trafen sich plötzlich meine und seine Blicke, und er prallte zurück, als hätte er ein leibhaftiges Gespenst gesehen. Was er ja auch hatte, nur war das außer ihm bisher keinem so ergangen. Auch Ernst schien weder Anton noch mich wahrzunehmen, kümmerte sich jetzt lediglich um seinen völlig verstörten Freund. Der Blick von Hans hatte aber auch mich ›Gespenst‹ tief erschüttert, es war, als hätte ich in einen dunklen Abgrund geschaut. Gespenst Janet und Gespenst Anton hatten jetzt aber wirklich andere Sorgen: Wir mussten zusehen, wie wir aus der Vergangenheit des Frühjahrs 1910 wieder in die Gegenwart des Herbstes 1985 gelangten. Wir gingen intuitiv davon aus, dass es nur auf eine Weise funktionieren konnte, nämlich so, wie wir auch hergekommen waren. Also eilten wir zurück zu den Kiebitzen, die noch immer die Wettkampfpartie zwischen Oscar Tenner und Curt von Bardeleben umlagerten. Anton und ich hielten uns fest bei der Hand und stiegen in die Stellung hinein. Und das Wunder geschah tatsächlich: Wir saßen uns wieder am Brett unserer Trainingssitzung gegenüber. Vor uns die Position, die wir für unsere Rückkehr genutzt haben. Es musste so um den sechzigsten Zug herum gewesen sein, das Material war stark dezimiert, Schwarz stand klar besser. Aber das nahm ich nur am Rande wahr, ich musste erst mal verdauen, was da eben geschehen war. Anton ging es genauso, er war weiß wie ein Laken. Sumynano wirkte allerdings auch nicht so gleichmütig wie sonst. Er sagte, wir hätten hier in uns zusammengesunken am Brett gesessen und wären nicht ansprechbar gewesen. Erst dachte er, wir hätten uns einen bösen Streich mit ihm erlaubt, war dann aber ernsthaft besorgt und wusste nicht, was er tun sollte. Nach einer halben Ewigkeit sei er auf den Gedanken verfallen, die Wettkampfpartie weiter nachzuspielen. Er habe ungefähr vierzig Züge ausgeführt, als wir urplötzlich wieder ›lebendig‹ geworden seien. Anton und ich erzählten nun stockend, was passiert war. Es klang in unseren eigenen Ohren völlig unglaubwürdig und wundersam. »Versucht euch an so viele Details wie möglich zu erinnern, notiert alles sorgfältig, damit nichts in Vergessenheit gerät. Oder nein, wartet«, unterbrach sich Sumynano, »vielleicht wäre es am besten, ihr würdet vergessen, was heute passiert ist. Es ist zu unheimlich. Vielleicht war das auch alles nur eine Halluzination. Ihr habt euch zu sehr über diese Partie in Ort und Zeit hineingesteigert. Es war ein Fehler, diese alten Partien hervorzukramen. Es tut mir leid. Entschuldigt!«

Wir hielten uns natürlich nur an den ersten Teil des Ratschlags, zu sehr waren wir davon fasziniert, dass wir womöglich einen Weg entdeckt hatten, in der Zeit zu reisen. Sumynano schien selbst von dieser Erregung ergriffen worden zu sein. Zum nächsten Trainingsabend brachte er jedenfalls wieder die alten Zeitungen und Bücher mit.

Die ganze Woche über waren Anton und ich völlig neben der Spur. Es war, als ob uns erst mit einigen Tagen Verspätung das ganze Ausmaß unseres Erlebnisses bewusst geworden sei. Wir waren tatsächlich in die Vergangenheit gereist! Die Menschen, die wir dort gesehen haben, waren längst tot, auch Hans und Ernst. Für uns waren sie deswegen aber keinesfalls *aus der Wirklichkeit verschwunden*. Wir vermochten sie nicht als *Geister* aus dem Totenreich zu betrachten. Schließlich hatten wir sie vor einigen Tagen leibhaftig vor uns gesehen, konnten sie anfassen, ihre Stimmen hören. Und wir waren bei ihnen, wenn auch nicht ›leibhaftig‹, sondern eher als Geister oder Gespenster. Und zumindest Hans hatte mich auch als Geist beziehungsweise Gespenst wahrgenommen. Anton und ich wussten, dass wir die ›Reise‹ unbedingt wiederholen wollten, aber wir hatten keinen Plan, was wir ›dort‹ machen sollten. Nervös nahmen wir uns wieder die Partie Tenner gegen Bardeleben vor. Sumynano war auch ganz hibbelig, er sagte: »Das ist jetzt wie eine Séance.« Anton versetzte: »Haben wir es hier etwa mit schwarzer Magie zu tun?« Darauf die Antwort von unserem Archivarius beziehungsweise nun auch noch Magier: »Wenn schon, dann mit *grauer Magie.*« Aber es funktionierte nicht mehr über diese Partie, nicht beim zwanzigsten Zug und auch nicht zu einem späteren Zeitpunkt. Wir versuchten es an jenem Abend noch mit anderen Partien, darunter waren sogar einige aus demselben Match, also auch aus jenen Apriltagen des Jahres 1910. Aber es passierte nichts, und es ließ sich schwer sagen, wer enttäuschter war: Anton oder ich oder nicht doch sogar Sumynano. Er hatte sich dann aber schnell wieder im Griff: »Wahrscheinlich ist es besser so. Lasst uns in unseren Alltag zurückkehren und das Ganze als eine einmalige Erfahrung abhaken, gleichgültig, ob sie realiter passiert ist oder nicht.«

Damit vermochten wir uns aber nicht abzufinden. Wir spielten immer wieder alle möglichen Partien durch, auch wiederholt jene vom 15. April 1910. Warum hatte es genau an diesem Ort und genau zu dieser Zeit geklappt, aber vor allem: warum nur dieses eine Mal? Ich erinnere mich noch, dass in jenen Oktobertagen die Meldung kam, dass ein Deutscher den Physiknobelpreis bekommen hat, und dass Anton daraufhin an einem Trainingsabend verkündete, diesen auch eines Tages erhalten zu wollen, und zwar mit dem bahnbrechenden Nachweis, dass Zeitreisen möglich sind und dass eine Geisterwelt existiert: »Es gab bereits einen bedeutenden Forscher, der das versucht hat. Aber im Gegensatz zu uns hatte er es nicht wirklich erlebt.« Sumynano wandte lächelnd ein: »Was macht dich eigentlich so sicher, dass Kurt Gödel – den meinst du doch, oder – nicht auch ein derartiges Erlebnis wie ihr gehabt hat? Er nahm jedenfalls, soviel ich weiß, an Séancen teil, und übrigens war er auch ein passabler Schachspieler.« Ich hingegen machte Anton Vorhaltungen, weil es ihm offenbar nur um Ruhm und Ehre ging. Bei mir lagen die Dinge anders; auch ich wollte zurück, aber ich wollte zurück zu Ernst und Hans. Mir ging dieser abgründige Blick von Hans nicht mehr aus dem Sinn. Ich wollte mehr über die beiden wissen, vor allem über Hans. Als ich versuchte, das Anton begreiflich zu machen, stieß ich bei ihm nur auf wenig Verständnis. Er fing wieder mit seinem Dauerthema vom gefährlichen beziehungsweise unmöglichen Eingreifen in die Vergangenheit an. Wir hätten zwar augenscheinlich bei unserem Besuch nichts verändert, aber wer weiß das schon. Und wenn das wirklich stimme, dass Hans mich als Geist ›gesehen‹ habe, dann wolle er sich gar nicht ausmalen, was das bei ihm ausgelöst haben könnte. Wieder kam ein lächelnder Einwand von Sumynano: »Oder was das bei dir, Janet, ausgelöst haben könnte.« Mit vollem Ernst fügte er dann mahnend hinzu: »Ihr glaubt beide auf eure Weise, die *Physik der Geister* studieren zu können. Aber beherzigt bitte meine Worte: Der Wissenschaft und auch der Kunst sind Grenzen gesetzt. Überschreitet man diese, kann das verheerende Folgen für einen selbst haben. Also brecht euer Unternehmen lieber ab, bevor es zu spät ist.«

Diese Worte trafen bei uns auf taube Ohren. Aber unabhängig davon waren wir ja an einem Punkt angelangt, wo wir nicht mehr weiterwussten. Wir gingen nochmals unsere Notizen durch, die wir auf Sumynanos Rat hin in der Nacht nach unserer Rückkehr angefertigt hatten. Vielleicht konnten uns die Taschenschachspiele weiterhelfen. Ich besaß zwei solcher Spiele, und das war durchaus etwas Besonderes. Heute vielleicht sogar noch mehr, aber auch schon in den 80ern war das eine absolute Rarität. Es gab zwar jede Menge Reiseschachspiele, ob als Steckschach oder magnetisch, aber jene Brieftaschenspiele fand man selten. Ich hatte meine in Prag auf dem Wenzelsplatz gekauft, als ich dort ein oder zwei Jahre zuvor an einem Jugendschachturnier teilgenommen hatte. Wir spielten täglich zwei Runden, noch dazu in einem Neubaugebiet weit außerhalb des Zentrums, so dass wir kaum etwas von der Stadt mitbekamen. Das Spielegeschäft auf dem Wenzelsplatz war mehr als ein Geheimtipp, und so stürmten es einige Dutzend Jugendliche am einzigen spielfreien Abend. Und jene Brieftaschenspiele wurden zum Verkaufsschlager. Ich erwarb denn auch gleich zwei Stück davon. Auf dem Schachbrett waren die weißen Felder tatsächlich weiß, die schwarzen aber dunkelbraun, dafür waren die schwarzen Figuren auf den Plättchen tatsächlich schwarz, die weißen aber rot. Auf der Vorderseite des Büchleins war ein Turm abgebildet. Ich habe dann allerdings zunächst recht wenig Gebrauch von meinen beiden Brieftaschenspielen gemacht. Zum Spielen untereinander waren sie unpraktisch, da man das ›Brett‹ immer nur aus einer Perspektive sah. Man machte also einen Zug (was für mich mit meinen ungeschickten dicklichen Fingern kein leichtes Unterfangen war) und reichte dann dem anderen das Büchlein, oder der andere führte in dem zweiten Spiel den gegnerischen Zug mit aus. Etwaige Kiebitze hatten rein gar nichts davon. Aber seit dank Sumynano mein Interesse für Probleme und Studien geweckt worden war, erkannte ich den großen Nutzen meines Brieftaschenspiels. So hatte ich die jeweilige Stellung immer bei mir und konnte mich, zu jeder Zeit und an jedem Ort, in sie versenken. Also ganz so, wie es vor ein paar Tagen beziehungsweise vor mehr als fünfundsiebzig Jahren Hans und Ernst tun wollten! »Wir bräuchten zu den beiden Spielen aus unserer Zeit noch zwei von damals«, nahm Anton meinen Gedankengang auf, »wir kennen die beiden Positionen und müssen halt damit ein wenig herumexperimentieren.« Sumynano war skeptisch ob dieser Idee, ließ aber durchblicken, dass er zu Hause eine Sammlung von historischen Reiseschachspielen habe. Da seien sicher auch zwei zu jener Zeit gebräuchliche dabei. Wir könnten ihn ja mal besuchen und ich könnte ihm bei der Gelegenheit auch die Lasker-Biographie zurückgeben, sofern ich sie ausgelesen hätte.

Das ließen wir uns nicht zweimal sagen, und so kam es, dass wir eines Sonntagnachmittags vor der Wohnungstür seines Zehngeschossers standen. Gerade als wir klingeln wollten, trat eine Frau mit zwei Teenagern und einem Kleinkind heraus. Sumynano kam ihnen im Flur nachgelaufen und bat darum, ihn auch wirklich anzurufen, falls es später werden würde. Dann nahm er uns gleich mit hinein in die Wohnung und führte uns in ein helles freundliches Arbeitszimmer. Mir fiel als erstes ein auf dem Fensterbrett liegendes Staubtuch auf, das Sumynano offensichtlich gerade ausgeschüttelt hatte. Das und die soeben erlebte Abschiedsszene an der Tür verwirrten mich in nicht geringem Maße, hatte ich ihn mir doch bislang überhaupt nicht als Hausmann und Familienmenschen vorstellen können. Auf dem Schreibtisch stand eine ganze Batterie von eingerahmten Urlaubsfotos. Im Bücherschrank fiel eine bibliophile Ausgabe mit Schriften Immanuel Kants auf. Gleich darunter standen ein dickes Buch und mehrere dünnere Bände von Emanuel Lasker. Daneben gähnte eine Lücke, was mich darauf brachte, Sumynano die Lasker-Biographie auszuhändigen. »Und, hat sie dir gefallen?« Ich fand sie tatsächlich recht interessant, nur eine Sache störte mich gewaltig: Laskers Vorbehalte gegenüber den *Hypermodernen*. Auf meinen Helden Réti wollte ich schließlich nichts kommen lassen. Ich sagte das Sumynano und er nickte verstehend. »Weißt du, Janet, Lasker hat Réti durchaus geschätzt und einige Ideen der *Hypermodernen* selbst aufgegriffen. Was ihm aber zuwider war, war alles Übertriebene, alles Extreme. Laskers Credo war das Maßhalten, eben der *gesunde Menschenverstand.*« Bei der Wendung vom gesunden Menschenverstand verzog ich spontan das Gesicht. »Siehst du, das ist genau das, was ich letztens mit meiner Mahnung meinte: Bleib auf dem Boden der Vernunft, übertreibe es nicht. Gib dich nicht zu sehr der *Nachtseite* hin, lass dich nicht von den *tausend Stimmen im Grund, den verlockend' Sirenen, in den Schlund ziehen.* Und was ist mit dir, Anton, hast du auch einmal in die Biographie geschaut?« – »Ich bin über Albert Einsteins Geleitworte nicht hinausgekommen.« – »Du nimmst es doch hoffentlich Lasker nicht übel, dass er sich nicht mit der Relativitätstheorie anfreunden konnte? Damit stand er damals nicht allein. Gerade von Immanuel Kant her lassen sich da einige Gegenargumente vorbringen.« Bei diesen Worten wies Sumynano auf ein *Fragelehrbuch* in seinem Schrank von einem Autor namens Salomo Friedlaender. »Andererseits, Anton, wir haben ja letztens kurz über Kurt Gödel gesprochen. Für den stellten Kants Auffassungen und Einsteins Relativitätstheorie bis zu einem gewissen Grade durchaus keinen Widerspruch dar. Die tiefste mir bekannte Durchleuchtung der gesamten Problematik freilich – noch dazu mit einem Bezug auf das Schachspiel – kann man in Friedrich Dürrenmatts Vortrag *Albert Einstein* nachlesen, aber«, unterbrach sich Sumynano abrupt, »ihr beide seid ja nicht zum Philosophieren hergekommen. Nur: Bevor wir hinüber in mein Archiv gehen, muss ich euch nochmals warnen. Es ist sicherlich verlockend, in den Abgrund zu schauen, aber man muss rechtzeitig erkennen, wann es zu weit in die Tiefe geht, und dann muss man abbrechen können. Den letzten Grund nämlich wird man nie erreichen können, nicht in der Kunst und auch nicht in der Wissenschaft.« – »Und was ist, wenn es einfach mit einem *geschieht*, ob in der Kunst oder in der Wissenschaft?«, versetzte ich. »Dann ist einem wohl nicht zu helfen«, antwortete Sumynano düster. Wir gingen in sein Archiv, das nichts anderes als ein zweites Arbeitszimmer war, allerdings viel dunkler und geheimnisvoller wirkend. Von der Decke hingen irgendwelche astronomischen Modelle herab. An der Wand klebten einige Zeichnungen von Sternbildern und jede Menge Plakate alter Filme. Ich erinnere mich an *Das Cabinet des Dr. Caligari* und an *Der Schachspieler*. Während jener mir zumindest ein Begriff war, hatte ich von diesem noch nie etwas gehört. Sumynano erklärte, dass die Filmhandlung Ende des 18. Jahrhunderts spiele und darin die Geschichte um den Schachautomaten des seinerzeit als *neuer Prometheus* gefeierten Barons von Kempelen aufgegriffen werde. Dann fügte Sumynano hinzu: »Aber eigentlich ging es mir um einen anderen Film« – und er zeigte auf eine andere Wand: »*Schachfieber* von Wsewolod Pudowkin aus dem Jahr 1925. Eine Komödie, die man auch sehr leicht als Tragödie hätte drehen können, denn das Fieber, das den Haupthelden ergriffen hatte, grenzte schon an Wahnsinn. Aber sei's drum, entscheidend für uns sind die Szenen, in denen der Akteur mit diesen Taschenschachspielen, die ihr sucht, nur so um sich wirft. Damals gab es die offenbar noch wie Sand am Meer. Na, schauen wir jetzt mal, was wir davon haben.« Er zog eine Schublade aus einem großen Rollschrank heraus und breitete eine stattliche Anzahl Brieftaschenspiele vor uns aus. Wir entschieden uns für zwei kleine Büchlein, die nach unserer Erinnerung denen von Hans und Ernst benutzten am nächsten kamen. Sie waren wohl um einige Jahre älter als 1910, aber das war nicht das Problem, schließlich waren ja auch unsere modernen etwas älter als 1985. Unsere beiden Prager Spiele kamen uns im Vergleich mit denen aus Sumynanos Sammlung viel einfacher und gröber vor. Die beiden historischen Büchlein waren aus weichem Leder – laut Sumynano *Saffianleder* –, sie waren geradezu filigran gearbeitet und auch viel handlicher.

Das ganze Unterfangen kam Anton und mir selbst sehr abenteuerlich vor, aber wir wollten es jetzt durchziehen. Schließlich war ja auch unsere erste Zeitreise im Grunde mit inadäquatem Material passiert. Wir befanden uns zwar in jenem alten Mietshaus, aber Mobiliar und Spielset stammten aus unserer Gegenwart. Auch sonst gab es alle möglichen Unwägbarkeiten, die ein solches Geschehen rational nicht erklärbar machten. Wir beschlossen, vorerst nicht nach einem solchen rationalen Kern zu suchen, sondern uns einfach auf die Situation einzulassen. Nach der nächsten Trainingssitzung setzten wir uns mit unseren vier Taschenschachspielen, den zwei ›alten‹ und den zwei ›neuen‹, an einen Tisch. Anton hatte ein dickes Heft dabei und darin irgendwelche Tabellen vorbereitet. Wir bauten die beiden Aufgaben jeweils in einem ›neuen‹ und einem ›alten‹ Spiel auf und versuchten, uns in die beiden Positionen hineinzuversetzen und über diese gewissermaßen Raum und Zeit zu erspüren. Das Gefühl, dass da irgendetwas sein musste, stellte sich schnell ein, aber einen zuverlässigen Weg für eine Reise in die Vergangenheit und wieder zurück hatten wir erst nach vielen vergeblichen Anläufen gefunden. Es entwickelte sich allerdings anders als gedacht; die Bindung an Ort und Zeit war eher mittelbar, während es zu unserer Überraschung eine unmittelbare Personenbindung gab. Ich kann Antons Methode nicht mehr genau rekapitulieren. Verkürzt gesagt, haben wir die Taschenschachspiele als eine Art Port benutzt. Abwechselnd blieb einer von uns beiden mit einem ›neuen‹ und einem ›alten‹ Spiel in der Gegenwart, während der andere mit den beiden anderen Spielen in die Vergangenheit gereist ist. Auf allen vier Brettern war dieselbe Position aufgebaut. Das ›alte‹ Spiel war notwendig für den Hin-, das ›neue‹ für den Rückweg. Erstaunlich war, dass es sowohl bei Anton als auch bei mir nur bei einer der beiden Aufgaben funktionierte, aber nicht bei derselben. Antons Stellung war diejenige, die sich Ernst eingesteckt hatte, meine dagegen die von Hans. War ich also ›unterwegs‹, war die Position von Hans auf allen vier Brettern aufgebaut, war Anton unterwegs, entsprechend die von Ernst. Eigentlich hatte Anton geplant, dass wir die beiden Männer genau zu dem Zeitpunkt wiedertreffen sollten, als sie ihre Schachspiele eingesteckt haben. Aber wir begegneten beiden an ganz unterschiedlichen Orten und auch zu unterschiedlichen Zeiten. Sofern nicht beide zufällig gerade zusammen waren, traf ich jedes Mal ausschließlich Hans an und Anton Ernst. Anfangs hatten wir voll und ganz mit unseren diffusen Körperzuständen zu tun und konnten kaum etwas vom ›Dort‹ bewusst aufnehmen. So ähnlich wie bei der ersten Reise verwandelten wir uns stets in Gespenster, die zwar etwas hören und greifen konnten – krampfhaft hielten wir uns an den beiden Taschenspielen fest –, aber nicht selbst der Sprache mächtig waren und unsichtbar blieben. Wobei ich wieder einschränkend sagen muss, dass Hans mich wenn nicht gesehen, so doch gespürt haben musste. Er wandte sich jedenfalls öfters hektisch, um nicht zu sagen panisch um, wenn ich in seiner Nähe war. Die ersten Male blieben wir jeweils nur wenige Minuten dort und kehrten schleunigst über unseren Port zurück. Man muss bedenken, dass diese Reiserei einen unheimlichen Substanzverlust zur Folge hatte. Darum war es auch wichtig, dass immer einer dablieb, sozusagen als Wächter für die Aufgabenstellungen auf den Brettern, aber auch für den hilflosen Partner, dessen leere Hülle erst bei seiner Rückkehr wieder gefüllt wurde. Mit der Zeit bekamen wir etwas Routine und wurden mutiger. Wir nahmen mehr von unserer dortigen Umgebung auf, und Anton trug alle Details eifrig in seine Tabellen ein. Wir hatten richtig Feuer gefangen, erhöhten auch die Reisefrequenz. Wir waren nicht mehr auf die wöchentlichen Trainingssitzungen angewiesen, sondern steckten so ›drin‹ in den Aufgabenstellungen und Personen, dass wir mit unseren Taschenschachspielen an beliebigen Orten reisen konnten. Wir machten das nun täglich und merkten, dass wir durch das ständige Reisen nun auch im ›Jetzt‹ immer mehr an Substanz verloren, uns also quasi wie Gespenster in unserem Alltag bewegten. Es fiel natürlich auch den Leuten in unserem Umfeld auf, aber uns ließen die besorgten Blicke kalt, denn wir waren auf einem einmaligen Abenteuertrip.

Ich fand zunehmend Gefallen an meinen Besuchen bei Hans. Er war ein richtiger Stadtwanderer, und ich begleitete ihn in die *Jagdgründe der Nacht*. Es wäre mir nur lieber gewesen, wenn er sich nicht von mir verfolgt gefühlt hätte. Es verwirrte mich auch nicht allzu sehr, dass ich ihm zu solch verschiedenen Zeiten begegnete. Ich erkannte dies daran, dass er selbst älter oder jünger aussah. Den jüngeren Hans traf ich mitunter lesend oder schreibend an, den älteren hingegen oft geistesabwesend und sogar etwas stumpfsinnig vor sich hin blickend: *das Stein gewordene Lächeln eines Blöden*. Überraschenderweise sah ich ihn aber ab und an über ein

Schachbrett gebeugt. Dann lag jedes Mal neben ihm eine Zeitung, in deren Problemschachrubrik er offenbar nach Lösungen suchte. Leider war die Seite immer so gefaltet, dass man das Datum nicht erkennen konnte. Einmal erhaschte ich wenigstens den Namen eines Problemkomponisten: *W. Sirin*. Ich fragte später Sumynano; der kannte ihn nicht, versprach aber, der Sache nachzugehen. Der ältere Hans wirkte noch gehetzter und auch von seinem Äußeren her verwahrloster als der jüngere. Und er war auf seinen rastlosen Stadtwanderungen einsamer. Der jüngere Hans war in der Regel wenigstens ein Stück des Wegs von ein paar Freunden umgeben. Ernst allerdings hatte ich nur einmal in seiner Gesellschaft gesehen. Das war freilich ein denkwürdiger Spaziergang, denn von beider Unterhaltung hat sich mir vor allem Ernsts Ansicht eingebrannt, dass er wohl doch nicht zum Dichter geboren sei, denn an Verse wie die von John Keats würde er nie herankommen. Aber er spüre tief in sich seine Berufung zum Philologen, seine Liebe zur Sprache. Sie verabschiedeten sich vor einem Haus mit der Nummer 27. Auf dem Straßenschild las ich Luitpoldstraße und wusste dann, dass es sich um das Wohnhaus von Ernst handelte. Sein Zimmer – offenbar in der Wohnung seiner Eltern – war nahezu der einzige Ort, den Anton auf seinen Reisen erreichte. Ernst war vermutlich ein ziemlicher Stubenhocker. Anton erzählte, dass er ihn meistens in irgendwelchen Büchern vergraben antraf oder etwas in irgendwelche Hefte notierend. Einmal gelang es

Anton mitzulesen, während Ernst ein offenkundig selbstverfasstes Gedicht niederschrieb. Anton hat es bei seiner Rückkehr in seine Tabelle eingetragen. Uns hat es beiden gefallen, ich entsinne mich noch der Verse, die mir richtig nahegegangen waren:

> Ich fühle wohl, in mir sind große Dinge,
> die, ungeboren noch, der Lösung harren,
> gib, Gott, dass sie zu geben mir gelinge,
> bevor sie mich in ihre Erde scharren.

Und nun wollte Ernst also kein Dichter mehr sein! ›Mein‹ Hans hingegen schien bereits ein anerkannter Poet zu sein. Er saß jedenfalls eines Abends auf der Bühne eines Cafés und las einen ganzen Zyklus von Gedichten vor. Vor ihm und nach ihm traten auch noch andere Autoren auf. Leider geschah dies nicht auf einer meiner Reisen, sondern Anton war zugegen. Es war eine der wenigen Gelegenheiten, um nicht zu sagen sogar die einzige, wo er Ernst mal nicht in seiner Studierstube antraf. Er war unter den Zuschauern in jenem Café, aber Hans sei später zu ihm gekommen und sie hätten sich beide über die gestrige Schachpartie um die Weltmeisterschaft zwischen Emanuel Lasker und Dawid Janowski unterhalten, vor allem ging es um die ausgelassenen schwarzen Chancen, aber auch um die Eröffnung, das *Königsgambit*. Damit hatten wir endlich einmal eine zeitliche und räumliche Fixierung. Wir bestürmten mit dieser neuen Erkenntnis sogleich Sumynano. Bei uns ›hier‹ war es der 27.

November 1985, bei ihnen ›dort‹ der 9. Dezember 1910. Denn Sumynano erzählte uns, dass es sich um die elfte Wettkampfpartie gehandelt haben musste, die am 8. Dezember 1910 im *Café Kerkau* ausgetragen worden war. Sumynano führte uns die Partie am Demonstrationsbrett vor und ging auf ein paar Eröffnungsfeinheiten ein. Das *Königsgambit* war damals groß in Mode. Sumynano erzählte von einem Schachmeister namens Rudolf Charousek, der damit, speziell mit dem *Königsläufergambit*, um die Jahrhundertwende spektakuläre Siege gefeiert hatte, sogar gegen Weltmeister Lasker. Dieser Charousek sei jung an Tuberkulose gestorben, aber er habe als Romanfigur Eingang in Gustav Meyrinks *Golem* gefunden. Ich bekundete sogleich großes Interesse an diesem Buch, und Sumynano lieh es mir, wenn auch widerstrebend: »Ich glaube nicht, dass das jetzt die richtige Lektüre für dich ist, Janet. Sie ist vielleicht sogar generell für dich ungeeignet.« Damit hatte er natürlich meine Neugierde erst recht geweckt.

Die Monate November und Dezember waren nahezu gänzlich mit unseren ›Reisen‹ ausgefüllt. Wir nahmen immer weniger von unserer eigenen Zeit wahr, versetzten uns stattdessen immer bewusster in die Vergangenheit. Allerdings verstärkten sich nun die Symptome unseres veränderten körperlichen Zustands, unsere Nerven waren überspannt, unsere Sinne extrem überreizt. Dennoch habe ich mein ständiges Herumirren in der Zeit als durchaus im positiven Sinne aufregend erlebt. Ich ließ mich treiben, ließ es einfach geschehen. Anton dagegen litt darunter, dass er kein System hinter den wenigen bekannten Fakten erkennen konnte. Und ein solcher Glücksfall einer genauen Datierung wie bei jener Lesung wiederholte sich leider nicht noch einmal. Anton war eigentlich mehr aus Ort und Zeit ver-rückt worden als ich. Schließlich war sein rationalistisches Weltbild zutiefst erschüttert worden, während ich dies fast als ›normal‹ hingenommen habe, jedenfalls darüber nicht weiter verwundert war. Mitte Januar aber passierte dann auf einer meiner Reisen etwas, das nun auch mich völlig aus der Bahn werfen sollte.

Ich hatte es wieder einmal mit dem älteren Hans zu tun und war ihm auf einer seiner langen Stadtwanderungen gefolgt. Diesmal ging es in der frühen Abenddämmerung auf einen Friedhof. Zielgerichtet steuerte er einen quaderförmigen imposanten Grabstein auf einer größeren Wiese an und blieb verstörten Blickes davor stehen. Ich las die Inschrift langsam mit, um sie mir fest einzuprägen, damit ich sie später Anton wortwörtlich in sein Heft würde diktieren können. Was ich dort las, versetzte mir einen ungeheuren Stich und ließ mich auf der Stelle zu Anton zurückkehren: »Ruhestätte unseres innig geliebten guten hoffnungsvollen Sohnes cand. phil. Ernst Balcke, geb. 9. 4. 1887, gest. 16. 1. 1912. Sprich Schicksal, sprich, was hast Du diesen Tempel so früh in Schutt und Asche gelegt?« Als ich Anton erzählte, dass ›sein‹ Ernst niemand anderes als Georg Heyms Freund war, mit dem dieser beim Eislaufen auf der Havel bei Lindwerder am 16. Januar 1912 tödlich verunglückt war, schüttelte Anton zunächst nur ungläubig den Kopf und fragte nach genauen Belegen, dass die beiden Männer mit Namen Ernst identisch waren. In der Tat bewies mein Erlebnis ja lediglich, dass Hans auch Ernst Balcke gekannt haben musste, ›unser‹ Ernst konnte theoretisch auch ein anderer gewesen sein. Aber auch wenn dieser Vorname seinerzeit sehr populär war, wäre es denn doch des Zufalls zu viel gewesen. Ich fühlte, dass es so sein musste. Wie sollte man nur herausbekommen, ob Ernst Balckes Elternhaus in der Luitpoldstraße 27 stand? Ein anderer Ansatzpunkt waren Fotos von Georg Heym. So sehr ich seine Gedichte verehrte, so wenig hatte ich mich bislang um sein Äußeres geschert. In einigen Schriftstellerlexika wurden wir fündig. Allerdings wiederholten sich die Aufnahmen, und sie waren auch nicht von sonderlich guter Qualität. Dennoch glaubte ich mit Sicherheit sagen zu können, dass ich auf meinen Reisen nie Heym in der Gesellschaft von Hans angetroffen hatte. Anton hingegen konnte nicht ausschließen, dass auch Heym an jenem 9. Dezember 1910 auf der Bühne gestanden und Verse vorgetragen hatte. Anton war damals voll auf Ernst und Hans konzentriert und konnte den anderen Akteuren nur wenig Aufmerksamkeit schenken. Er entsann sich, dass auch eine Frau darunter war, nicht mehr ganz jung und in etwas eigenartiger Kostümierung. Aber ein Gedicht eines blonden, jungen, etwas untersetzten Mannes mit rosiger Gesichtsfarbe, der nun nach den Fotos zu schließen Georg Heym gewesen sein könnte, hatte auf Anton großen Eindruck gemacht, denn es hatte irgendetwas mit ›Fieber‹ und einem Wechselspiel von ›schwarz‹ und ›weiß‹ zu tun, weshalb Anton an den alten Film *Schachfieber* denken musste. Ich hatte eine Ahnung, wovon Anton sprach, kramte aufgeregt in meinen Notizheften herum und zeigte ihm Heyms Gedicht *Das Fieberspital*. Für mich war die Sache klar, und ich rief überschwänglich: »Wir müssen Ernst Balcke retten! Wer Balcke rettet, rettet nicht nur Balcke, sondern auch Heym!« Anton blieb skeptisch, meinte, das sei jetzt von mir zu gewollt und ich sollte mich nicht meinem Wunschglauben hingeben. Und im Übrigen hätten wir die Diskussion schon ein gutes Dutzendmal gehabt und ich würde doch seinen Standpunkt kennen: Man kann und darf nicht in die Vergangenheit eingreifen! Aber eines musste er zugeben, und das hatte ihn – wie jetzt auch mich – verzweifeln lassen: Unsere bisherige Methode mit den Taschenschachspielen war ja schön und gut, und wir hatten damit sensationelle Ergebnisse erzielt, aber wir waren keinen Schritt weitergekommen, was das gezielte Anvisieren einer bestimmten Zeit und eines bestimmten Ortes anbelangte. Wir nahmen uns nun nochmals die Notizen von unserer ersten Zeitreise in das Berlin vom 15. April 1910 vor und baten auch Sumynano hinzu. Seinem Rat war es schließlich zu verdanken, dass wir überhaupt detaillierte Aufzeichnungen darüber besaßen. Wir blieben an der Verabschiedung der beiden hängen. Ernst hatte gesagt, dass sie sich »in ein paar Tagen, nämlich in der Nacht des Weltuntergangs,« bei ihm zu Hause wieder treffen wollten. Er hatte bei diesen Worten gelacht, und Hans hatte dazu geschmunzelt. Anton und ich hatten dieser Sache keine große Aufmerksamkeit geschenkt, denn wir konnten nicht davon ausgehen, dass wir akkurat diesem nächsten Treffen beiwohnen würden. Jetzt aber war es fast ein Muss geworden, der letzte Strohhalm, an den wir uns klammern konnten. Auf einmal ließ sich Sumynano vernehmen: »Man merkt, dass ihr beide überhaupt nichts mehr davon mitbekommt, was ›heute‹ um euch herum geschieht. Habt ihr euch schon mal mit dem *Halleyschen Kometen* beschäftigt, der seit Wochen durch die Medien geistert?« Ich blickte Anton unsicher an, irgendetwas klingelte da bei mir. Anton war viel besser im Bilde und konnte sofort sagen, dass sich dieser Komet mit einer Geschwindigkeit von rund 180.000 km/h durch den Weltraum bewegt. Was ihn zu etwas Besonderem in den Augen vieler machte, war die Tatsache, dass er zwar regelmäßig, aber eben nur ungefähr alle achtzig Jahre von der Erde aus zu beobachten ist. In diesen Wochen, führte Anton aus, sei es nun wieder so weit; und dieses Kribbeln einer einmaligen Erfahrung zu Lebzeiten mache den Hype um ihn aus. Er, Anton, könne darin nicht mehr als ein Schauspiel der Natur betrachten und habe seit Wochen nun mal andere Sorgen. Sumynano bemerkte darauf: »Die ungefähr achtzig Jahre lassen sich präzisieren. Es handelt sich um durchschnittlich sechsundsiebzig Jahre. Das vorige Mal erschien der Komet im Frühjahr 1910. Die Ankündigung löste damals eine Weltuntergangsstimmung aus. Urängste, die seit Menschengedenken mit Kometen in Verbindung gebracht worden waren, wurden plötzlich wach – und das in der Ära des noch nahezu ungebrochenen Glaubens an den naturwissenschaftlichen Technikfortschritt. Ich besitze ein

Buch von Archenhold von 1910 zu diesem Thema.« Mir kam ein Besuch in der *Archenhold-Sternwarte* in Treptow im Rahmen des Astronomieunterrichts der 10. Klasse in den Sinn. Im dortigen kleinen Planetarium – das große an der Prenzlauer Allee an der Stelle der alten Gasometer existierte da ja noch nicht – hörten wir einen Vortrag über Sternbilder. Ich fand die Verbindungen zur antiken Mythologie sehr spannend, aber als Orientierung für unsere moderne Welt habe ich sie nicht mehr ernst nehmen können. Ich musste an die Zimmerdecke in Sumynanos Archiv denken. Offenbar hatte er da einen anderen Zugang, daher sagte ich vorsichtig: »Wir müssten die genauen Daten von 1910 haben und unsere heutigen natürlich auch. Falls es tatsächlich einen Zusammenhang mit dem ›Kometenfieber‹ geben sollte, so deutet doch alles darauf hin, dass für Ernst und Hans das Ganze eher ein Jux war.« – »Das mag schon sein, mal unabhängig davon, dass die Annahme im Altertum, von Kometen gingen Gefahren aus, keineswegs völlig unbegründet war. Du als Verehrerin expressionistischer Lyrik weißt aber bestimmt auch, dass einerseits mit diesen Ängsten der ›Bürger‹ gespielt werden konnte, sie aber andererseits in das sehr ernst gemeinte Szenario eines ›Weltendes‹ gestellt wurden.« Mir wurde abwechselnd heiß und kalt, natürlich, gleich das erste Gedicht ›meiner‹ *Menschheitsdämmerung* war doch das berühmte *Weltende* von Jakob van Hoddis. Und gleich danach folgte Georg Heyms Gedicht *Umbra vitae* mit den Anfangsversen:

Die Menschen stehen vorwärts in den Straßen
Und sehen auf die großen Himmelszeichen,
Wo die Kometen mit den Feuernasen
Um die gezackten Türme drohend schleichen.

Und alle Dächer sind voll Sternedeuter,
Die in den Himmel stecken große Röhren,
Und Zauberer, wachsend aus den Bodenlöchern,
Im Dunkel schräg, die ein Gestirn beschwören.

Ich gestand Sumynano beschämt, dass ich von der Parallele zum *Halleyschen Kometen* bisher nichts geahnt hatte. »Das ist auch nur eine Hypothese. Es gab im darauffolgenden Jahr weitere Kometenerscheinungen, die zeitlich näher an Heyms Gedicht lagen. Wir sollten uns also nicht zu sehr auf *Halley* versteifen.« Aber genau das taten wir, denn alles, was wir herausfanden, deutete auf den Einfluss dieses Kometen beim ›Berühren der Zeiten‹ 1985/86 und 1910. Besonders ein Datum war frappierend: Am 27. November 1985 hatte der Komet seinen erdnächsten Bahnpunkt auf dem Weg zur Sonne erreicht; genau an diesem Tag – wir haben es in Antons Heft nachgeprüft – wurde Anton in jenes Café verschlagen und wohnte dort der Lesung vom 9. Dezember 1910 bei, mit Hans – und wahrscheinlich Georg Heym – auf der Bühne sowie Ernst im Zuschauerraum! Laut Sumynanos Recherche wurde seinerzeit der erdnächste Bahnpunkt auf dem Weg von der Sonne in der Nacht vom 18. auf den 19. Mai 1910 erreicht. Für unsere Zeit hatte man den 11. April

1986 berechnet. Neben dem erdnächsten war aber auch der sonnennächste Punkt von großem Interesse wegen der guten Sichtbarkeit von der Erde aus. Dieser würde am 9. Februar 1986 erreicht werden, anno 1910 war dies am 20. April der Fall gewesen, d.h. nur wenige Tage nach unserer ersten Begegnung mit Hans und Ernst! Mit anderen Worten, am 20. April 1910 würden sich Ernst und Hans in der Wohnung in der Luitpoldstraße 27 treffen! Mich hatte eine fieberhafte Erregung erfasst: War es möglich, dass der *Halleysche Komet* für uns quasi die Funktion des *Golem* hatte, der dem *Archivar Schemajah Hillel* zufolge *in regelmäßigen Zeitabschnitten, bei den gleichen astrologischen Sternstellungen wiederkehrte?* Anton und ich waren jedenfalls davon überzeugt, dass uns eine auf einen konkreten Ort und eine konkrete Zeit anvisierte Reise nur am 9. Februar 1986 möglich wäre. Sollten wir richtig liegen, hätten wir nur noch wenige Wochen Zeit, um irgendetwas zu unternehmen. Die zeitliche Fixierung besorgte sozusagen eine höhere, kosmische Gewalt. Wir mussten uns nun auf den Ort konzentrieren. ›Unser Archivarius‹ Sumynano schien ähnlich zu denken, aber er wollte uns von diesem Weg unbedingt abbringen. Es war diesmal mehr als nur die schon des Öfteren vorgebrachten Warnungen. Er sagte, er sei auf eine verwirrende Information gestoßen: »Ich hatte euch doch versprochen, mich nach jenem Problemkomponisten namens W. Sirin umzutun, dessen Aufgabe der ältere Hans bei einer von Janets Reisen zu lösen versuchte. Hinter diesem Pseudonym verbirgt sich niemand anderes als Vladimir Nabokov. Und jetzt haltet euch fest, was ich noch herausgefunden habe: Nabokov lebte von August 1929 bis Anfang 1932 in der Luitpoldstraße, und zwar, ja, ihr hört richtig, in der Nummer 27. Und der Zufälle nicht genug: Die *riesige und düstere Wohnung* gehörte einem Oberstleutnant a.D. Albrecht von Bardeleben, einem Verwandten von Schachmeister Curt von Bardeleben!« Das waren in der Tat überraschende Neuigkeiten. Auf der anderen Seite war das rund zwanzig Jahre nach unserer Unternehmung, von der wir noch immer nicht wussten, wie wir sie realisieren sollten. Die Zeit drängte, und unser Fokus war ausschließlich auf die Luitpoldstraße 27 des 20. April 1910 gerichtet.

Wir mussten unsere Methode modifizieren, es begann wieder eine Phase des Experimentierens. Bisher hatten wir immer zwei Spiele im ›Hier‹ gelassen und die beiden anderen ins ›Dort‹ mitgenommen. Wir probierten nun aus, ein ›altes‹ Spiel dort zu lassen. Man brauchte ja nur das ›neue‹ für die Rückreise und hätte so gewissermaßen einen zuverlässigen fixen Port, den man jederzeit ansteuern konnte. Bei seiner nächsten Reise, die Anton wie fast immer in die Wohnung von Ernst führte, suchte er im Treppenhaus ein geeignetes Versteck und deponierte das Taschenspiel schließlich unterhalb der Kellertreppe. Das war natürlich sehr gewagt, da jemand es dort finden konnte. Aber letztlich war die ganze Sache ja ein sehr riskantes Unterfangen, und wir ließen uns auf das Abenteuer ein. Mit Antons Rückreise ging alles glatt, und er brannte darauf, unseren fixen Port zu testen. Es klappte tatsächlich: Er stieg im ›Hier‹ gewissermaßen in die Stellung auf dem einen alten Spielbrett hinein und im ›Dort‹ aus derselben Stellung auf dem anderen alten Spielbrett heraus, mit sich das zweite neue Spiel für die Rückreise führend. Auch ich versuchte es einmal auf diese Weise, und auch bei mir lief es genau so ab, obwohl ich nun ebenfalls die Aufgabe von Ernst statt wie sonst die von Hans benutzen musste. Wir waren somit am richtigen Ort, kannten aber nicht die konkrete Zeit. Unsere Spekulation war ja, am 9. Februar unserer Zeit den 20. April damaliger Zeit zu erreichen. Anton wollte nun genau wissen, ob wir jetzt auch analog im Vorfeld beider Zeiten reisten. Er hatte festgestellt, dass er mehr Bewegungsfreiheit hatte, wenn er sich von dem Taschenschachspiel trennte. Daher legte er es bei seiner Ankunft in der Luitpoldstraße 27 jetzt immer zu dem alten unter die Kellertreppe und verließ dann das Haus, um auf irgendeine Weise das Datum herauszubekommen, beispielsweise durch einen Blick in eine Zeitung. Das funktionierte so gut, dass er in diesen Tagen ständig reiste, während ich als Wächterin bei den Taschenspielen zurückblieb. Ich akzeptierte das, denn wir waren ja in großer Zeitnot. Außerdem war Anton ganz offensichtlich stärker als ich in der Lage, sich auf die ›neue alte Zeit‹ einzulassen. Das zeigte sich darin, dass sich gewissermaßen der Grad seiner Materialisierung veränderte. Er machte die Erfahrung, dass die Leute auf der Straße öfter etwas von ihm wahrnahmen; war dies anfangs nur ein Luftzug im Vorübergehen,

so wurde es bald sein Schatten, und es fehlte nicht
mehr viel, dass seine gesamte Gestalt sichtbar werden würde. Auch erste Sprechansätze zeigten sich.
Es löste bei Anton geradezu ein Hochgefühl aus, als
er eines Abends einen Zeitungsverkäufer nach der
Uhrzeit fragen konnte. Umgekehrt war er aber in
unserer Zeit nur noch ein Schatten seiner selbst und
wurde zudem immer wortkarger. Wenn er jetzt auf
Reisen ging, so wirkte seine körperliche Hülle neben mir viel dünner und unscheinbarer als früher,
und wenn er zurückkam, benötigte er länger, um sie
wieder zu füllen. Es war, als ob die Vergangenheit
eine größere Anziehungskraft auf ihn hätte als die
Gegenwart. Ende Januar war es dann sogar so weit,
dass nicht einmal mehr die leere Hülle neben mir
saß: Anton war einfach weg und kam dann einfach
wieder. In diesen Tagen geschah allerdings etwas, das
selbst Anton und ich in unserer Weltabgewandtheit
mitbekommen haben: der Absturz der Raumfähre
*Challenger*. Soweit ich weiß, hat niemand auf der
Welt dieses Ereignis mit dem ›Kometenfieber‹ um
*Halley* in Verbindung gebracht. Niemand, mit Aus-
nahme von Sumynano, der die Parallele zu unserer
Hybris zog und den Anlass zu einer erneuten ein-
dringlichen Warnung nutzte. Wir sollten doch bitte
bedenken, wie leicht alles, was wir uns vom *Halley-*
*schen Kometen* in seiner Funktion als Wiederkehr des
*Golem* erhofften, außer Kontrolle geraten könne.
Was, wenn er sich unseren Intentionen verweigerte?
Als Sumynano dies ausführte, schob mir Anton eine
Zettel zu: *Also sprach Go-Lem.*

Wenn er freilich mit seiner Altersweisheit gegen unseren jugendlichen Überschwang nicht ankäme, so Sumynano weiter, sollten wir aber unbedingt in Betracht ziehen, dass nach seiner Ansicht das Zeitfenster für Antons zeitlich und räumlich exakte Reise am 9. Februar sehr klein sei. Anton müsse dringend noch in derselben Nacht zurückkommen. Er, Sumynano, vermute jedenfalls ganz stark, dass es schon am nächsten Tag mit den Zeitreisen vorbei sein würde. Zumindest wäre die Zeit durch den von der Sonne abziehenden Kometen abgeschwächt und man würde allenfalls in eine jüngere Vergangenheit reisen können. Dieser Effekt würde sich mit größerer Entfernung des Kometen verstärken und schließlich eben gar nicht mehr funktionieren.

Anton und ich waren so sehr auf den 9. Februar 1986 fixiert gewesen, dass wir uns über das ›Danach‹ keine großen Gedanken gemacht hatten. Wir waren wohl davon ausgegangen, dass wir auch dann würden reisen können, nur eben – wie in den Wochen zuvor – ohne genaue Bestimmung von Ort und Zeit. Anton wirkte jetzt sehr irritiert durch die Aussicht – falls Sumynano recht hatte –, dass es mit den Zeitreisen von einem Tag auf den anderen vorbei sein könnte.

Wir nutzten die verbliebenen Tage zum weiteren Reisen, alles sollte genau wie dann am bedeutenden 9. Februar ablaufen. Wir hatten uns den *Mont Klamott*, das *Dach von Berlin*, als Abreiseort ausgeguckt. Dort waren wir in der Winterkälte mutterseelenallein und also ungestört. Antons Euphorie der vorangegangenen Wochen hatte sich nach dem letzten Gespräch mit Sumynano geradezu in eine Obsession verwandelt. Zuvor hatte er oft voller Enthusiasmus davon gesprochen, was es für die Wissenschaft bedeuten würde, wenn unser Experiment gelänge. Nun aber betonte er mehrmals, wie falsch ich ihn eingeschätzt hätte, als ich ihm einmal vorwarf, es würde ihm nur um den Ruhm gehen. Wenn er tatsächlich zum vorausberechneten Zeitpunkt am vorausberechneten Ort einträfe, dann sei das für ihn zwar mindestens ein Gefühl, wie es der erste Mensch im Weltall oder der erste Mensch auf dem Mond gehabt haben musste. Die Gewissheit aber würde ihm ausreichen, diese ›Tiefe‹ erlangt zu haben. Er müsse sie nicht mit der Welt teilen. Anton schien, je näher wir dem 9. Februar kamen, von einem Reisefieber gepackt, das mehr einem Fieberwahn glich und mir Angst machte. Ich selbst war nie so euphorisch wie Anton gewesen. Fasziniert von der Zeitreisemöglichkeit war ich natürlich absolut, aber ich war eben auch zunehmend verzweifelt darüber, dass man dann dort nichts tun kann. Antons Argumente gegen ein Eingreifen in die Vergangenheit hatten mir zwar eingeleuchtet, aber ich glaube, der Versuchung, Balcke und Heym zu retten, hätte ich dann doch nicht widerstehen können, wenn ich nur gewusst hätte, wie. Ich konnte Ernst ja wohl schlecht einen Zettel mit der Notiz in die Hand drücken, am 16. Januar 1912 bloß nicht Schlittschuhlaufen zu gehen. Ich hatte mich nach schweren inneren Kämpfen mit dieser Situation abgefunden und mich nun sozusagen ganz in den Dienst von Antons wissenschaftlichem Interesse gestellt. Jetzt aber bereitete mir sein Zustand Sorge und ich bekam plötzlich Angstträume vor dem 9. Februar.

An dem Tag selbst aber gingen wir des Abends äußerlich abgeklärt und entspannt zu Werke. Wir bauten auf dem *Mont Klamott* unsere Taschenschachspiele auf. Danach umarmten wir uns, und mir schien, dass mich Anton länger und heftiger als sonst an seine Brust drückte, was mir unangenehm war und weshalb ich auch gleich wieder verkrampfte. Dann hockten wir uns einander gegenüber auf ein Mäuerchen, ich mit meinen zwei Spielen vor mir, Anton sein ›neues‹ Spiel fest in den Händen haltend. Wir versetzten uns intensiv in unsere Positionen und es dauerte gar nicht lange, da saß ich da völlig allein. Wie schon seit längerem war auch diesmal von Anton nicht einmal seine ›Hülle‹ geblieben. Es vergingen mehrere Stunden, ohne dass irgendetwas passierte: *Der Raum ertrank in Einsamkeit.* Als der Morgen dämmerte, stieg meine Sorge, denn Anton sollte längst zurück sein. Wir hatten eingedenk Sumynanos Worten abgesprochen, dass sich Anton lediglich des ›richtigen‹ Datums, also des 20. April 1910, vergewissert und dann sofort die Rückreise antritt.

In mir machte sich Panik breit. Wie war das jetzt mit dem ominösen Zeitfenster? Was war bei Anton schiefgelaufen? Sollte ich ihm nachreisen und ihn zurückholen? Ginge das überhaupt, das hatten wir noch nie ausprobiert. Zwei Spiele unbeaufsichtigt hier oben zu lassen, wäre ein vertretbares Risiko, es hatte sich bis dato keine Menschenseele hierher verirrt. Aber konnten wir auch zu zweit mit einem Brett reisen? Und hatte Anton auch wirklich wie sonst beide Spiele unter der Kellertreppe der Luitpoldstraße 27 versteckt? Abgesprochen war es so. Aber nach Absprache hätte er längst wieder hier sein müssen. Inzwischen war die Sonne aufgegangen und ich bekam es jetzt richtig mit der Angst zu tun. Kurzentschlossen machte ich mich nun tatsächlich selbst auf die Reise. Zunächst klappte alles wunderbar. Ich landete am erhofften Ort und fand auch Gott sei Dank beide Spiele vor. Nur von Anton gab es keine Spur, und ich wusste natürlich auch nicht, an welchem Tag in der Vergangenheit ich gerade gelandet war. Ich grübelte, was ich jetzt tun sollte, im Hinterkopf hämmerte das blöde Zeitfenster. Plötzlich kam ein Mann, so um die dreißig, die Kellertreppe heruntergepoltert. Als er mich sah – ja, er sah mich, genauso wie damals Hans! –, schreckte er zurück. Dann schrie er mich auf Russisch an und gestikulierte wild. Er bekam dabei mit den Händen das alte Taschenschachspiel, unseren fixen Port, zu fassen und betrachtete es verblüfft. Ich war entsetzt, man stelle sich vor, er hätte zufällig das neue Spiel erwischt. Ich machte jedenfalls, dass ich mit diesem sofort zurückkehrte. Und siehe da, ich fand mich tatsächlich auf dem *Mont Klamott* neben den beiden dort zurückgelassenen Spielen wieder. Das genaue Datum wusste ich natürlich in dem Moment nicht, aber angesichts der Umstände konnte die Zeitdifferenz nicht allzu groß sein. Vielleicht war das mit dem Zeitfenster ohnehin Quatsch. In diesem Fall wäre meine Panik-Reise ein nicht wiedergutzumachender Fehler gewesen. Dann nämlich wäre durch meine Schuld Anton der Rückweg verwehrt. Ich hätte den Port nicht zwingend mitnehmen müssen. Es hätte gereicht, mich – wie auf dem Hinweg – vor Ort in die Stellung hineinzuversetzen. Das geschah mehr aus Gewohnheit, weil wir es immer so gemacht hatten. Außerdem hätte dieser seltsame ›Geister sehende‹ Russe bestimmt auch das neue Spiel an sich genommen. Und wer weiß, was das dann für Folgen gehabt hätte. Da der fixe Port ja nun futsch war, kam ich, selbst wenn ich wollte, nicht wieder zurück. Ich war am Boden zerstört und heulte hemmungslos: *Ich werde jetzt immer ganz allein sein.* Was war jetzt bloß mit Anton? War er in der Vergangenheit hin und her gewandert und hat diesen Port gesucht? Eine Geschichte von Franz Kafka kam mir in den Sinn, die ich kürzlich gelesen hatte: War Anton ein moderner *Jäger Gracchus* geworden? Ich kam mir schon selbst wie ein Untoter vor und hetzte – mein Fortbewegungsmittel war nicht der *Todeskahn*, sondern Schusters Rappen – zu Sumynanos Wohnung. Ich erzählte völlig aufgelöst, was geschehen war. Sumynano nahm mir die Schachspiele aus der Hand, gab mir Tee zu trinken und versuchte mich zu beruhigen. Zunächst stellte er klar, dass ich auf der Rückreise tatsächlich einige

Tage ›verloren‹ habe. Ich erinnere mich nicht mehr des genauen Datums, aber es zeigte sich, dass bereits die Polizei nach mir suchte. Dann durchforstete Sumynano verschiedene Bücher nach Aufnahmen von Vladimir Nabokov; er hatte nämlich die Idee, dass das ›mein seltsamer Russe‹ gewesen war. Mein Personengedächtnis war noch nie sonderlich gut, aber mir schien da durchaus einige Ähnlichkeit vorhanden zu sein. Vielleicht wollte ich aber auch einfach nur, dass es so war; das hätte bedeutet, dass ich etwa zwanzig Jahre zu spät gekommen wäre und Anton gar nicht hätte antreffen können. »Aber warum ist er nicht sofort zurückgekommen?«, schluchzte ich. »Da gibt es viele Varianten«, sagte Sumynano bedächtig, »erinnerst du dich an unser letztes Gespräch? Ich könnte mir vorstellen, dass Anton sich immer stärker mit *Golem* identifiziert hat. Er hat euer Experiment vorangetrieben, sich ihm dann aber letztlich verweigert. Er ist schlichtweg ›dort‹ geblieben.« Ich fühlte das Fieber in mir ansteigen und konnte nur wimmern: »Ich verstehe das alles nicht. Was für ein trauriger 9. Februar.« Dann fing ich an zu halluzinieren. Ich weiß noch, dass ich zusammenhanglos Namen von Schachfiguren und Spielfeldern aufsagte. Sumynano redete weiter auf mich ein. Ich weiß nicht, ob er es war oder eine Stimme meines Fieberwahns, jedenfalls hörte ich, wie jemand sagte, dass gerade an einem 9. Februar vielleicht eines Tages in meinem Leben etwas Neues entstehen werde. Dann waren viele Leute in weißen Kitteln um mich herum, ich kam nach *Herzberge.*

Wie lange ich dort oder in einer anderen Anstalt war, weiß ich nicht. Auf alle Fälle mehrere Jahre. Es war eine lange und dunkle Zeit. Ich durfte nicht schreiben und nur eingeschränkt lesen – zum Beispiel jede Menge Märchen, die galten wohl als unverfänglich. Die Ärzte verboten mir kategorisch das Schachspiel, weil es mich krank gemacht habe. Ich wollte aber auch selbst nichts mehr mit Schach zu tun haben, ich wollte nur noch vergessen. Ich hatte ja noch nie viel gesprochen, jetzt aber verlor ich fast gänzlich meine Sprache. Ich kapselte mich von allen äußeren Erscheinungen ab und trat somit eine neue Reise an: *Nach Innen ging der geheimnisvolle Weg.* Als ich nach Jahren entlassen wurde, erfuhr ich, dass während meiner *Abwesenheit beide Eltern hintereinander gestorben* waren. Meine Schwester war mit ihren Kindern und ihrem Mann fortgezogen. Sie schränkte den Kontakt mit mir stark ein, aus Sorge wegen einer eventuellen familiären Disposition, aber auch, weil sie mir eine Mitschuld am Tod der Eltern gab.

# 97

*Berlin, 3. Mai 1994*

Liebe Ariane,
vielleicht war es ein Fehler gewesen, dir meine Tagebuch-Notizen mit Janets Story zu schicken. Dass du sie spannend, aber auch unheimlich und merkwürdig fändest, hatte ich erwartet, nicht aber, dass du sie zum Anlass nehmen würdest, mich nun mit aller Eindringlichkeit vor dieser, wie du schreibst, »überspannten Frau« zu warnen. Du hast recht mit der Annahme, dass Janet einen großen Einfluss auf meine Gemütslage hat, aber ich kann dir versichern, dass dieser ausgesprochen positiv ist. Ich habe meine Ausbildung zu unseres Onkels vollster Zufriedenheit vorangetrieben, meine Zukunftsvorstellungen haben sich konkretisiert. Meine Neugier auf das Morgenland ist eher noch gestiegen, jetzt aber verbinde ich dies mit dem Studium verschiedener Sprachen, des Türkischen und Arabischen. An der Universität habe ich mich zudem als Gasthörer für Orientalistik eingeschrieben. Dazu wälze ich in der Staatsbibliothek, auf die mich, nebenbei bemerkt, Janet gebracht hat, jede Menge Fachliteratur. Janet steht meinen Reiseplänen übrigens skeptisch gegenüber. Sie meint, ich würde schon bald sehr enttäuscht sein. Für sie jedenfalls käme dort nur ein Klausnerdasein in Frage. Und als Sprache

will sie mir ständig Russisch aufdrängen, die heute verpönte zentralasiatische Lingua franca. Das ist wohl der Nachhall ihrer Begegnung mit Nabokov.

Einige Tage, nachdem sie mir ihre Geschichte erzählt hatte, fuhren wir nach Schöneberg in die Luitpoldstraße. Das Haus Nr. 27 existiert nicht mehr, es ist im Zweiten Weltkrieg den Bomben zum Opfer gefallen. Janet stand lange nachdenklich an dieser Stelle. Dann wandte sie sich zu mir um: »Ich verstehe diese ganze Geschichte einfach nicht, ich begreife nicht, was mir und Anton da passiert ist. Ich bezweifle, dass es stimmt, dass *Wissen und Erinnerung dasselbe sind.* Ich glaube eher an ein *unglückseliges Erinnern, das zu wissen befiehlt, auf welchen Wegen wir zum jetzigen Besitzstand gelangt sind.* Vor allem aber habe ich Angst, dass auch in meinem Fall *Erinnerung den Wahnsinn mit sich bringen* könnte. Andererseits bin ich es nicht nur Anton und mir, sondern auch ihm, Ernst Balcke, schuldig, die Wahrheit zu ergründen. Ich muss oft an jenen Spaziergang denken, wo er so voll Inbrunst von seinen philologischen Forschungen sprach. Und entsinnst du dich noch der Inschrift auf seinem Grabstein? Seine Eltern hatten sehr hohe Erwartungen und waren so stolz auf ihren *cand. phil.*« Dann setzte sie mir auseinander, dass auch sie sich nun der Philologie, der Liebe zur Sprache, widmen wolle.

Wie ernst es ihr damit war, sollte ich nur wenige Tage später erfahren. Wir trafen uns nach der Arbeit wieder einmal am Bärenzwinger, wo übrigens jetzt, da ich dir schreibe, immer eine riesige

Menschentraube versammelt ist, die den sensationellen Bärennachwuchs bestaunt. Nebenbei bemerkt: Wenn du dich endlich einmal entschließen könntest, mich mit den Kindern zu besuchen, wäre das für euch ein echtes Highlight.

Janet schlug für unseren Spaziergang diesmal eine andere Richtung ein, wir überquerten die Fischerinsel, liefen dann zum Spittelmarkt und von dort hinüber zum Hausvogteiplatz. An der Friedrichswerderschen Kirche vorbei ging es zur Staatsoper, dann ein Stück *die Linden* entlang, und schließlich waren wir am Ziel, nämlich an der Staatsbibliothek, ihrem, wie Janet sagte, künftigen Arbeitsplatz und Refugium in einem. Sie eröffnete mir, dass sie in ihrem Geschichtsverein gekündigt habe und sich nun voll und ganz der Wissenschaft verschreiben wolle. Sie habe bisher viel zu wenig gelesen von ›ihren Expressionisten‹, kenne im Grunde nur einige Gedichte, kaum Texte anderer Gattungen, ganz zu schweigen von der vorhandenen Forschungsliteratur. Sie hätte dem Expressionismus vorher nur gefühlsmäßig nahegestanden, wolle ihn jetzt rational ergründen.

Ich wusste erst nicht, was ich davon halten sollte. Aber die Wochen vergingen und Janets Euphorie nahm immer mehr zu. Sie ›entdeckte‹ ständig aus ihrer Sicht sensationelle Sachen. Ich erinnere mich zum Beispiel ihrer Begeisterung über einen Fund in der Handschriftenabteilung der Staatsbibliothek in der Potsdamer Straße: In einem wichtigen Jahrbuch der expressionistischen Literatur hatte der vormalige Besitzer mit Bleistift Anmerkungen notiert. Es handelte sich um Salomo Friedlaender, jenen Philosophen, auf den Sumynano Janet und Anton in der Debatte um Einstein und Kant hingewiesen hatte. Die meiste Zeit aber verbrachte Janet im alten Gebäude Unter den Linden, und zwar im sogenannten *Rara*-Lesesaal. Sie hatte eine expressionistische Zeitschrift namens *Marsyas* entdeckt und fertigte nun endlose Exzerpte mit dem dort nur erlaubten Bleistift an. Das hört sich jetzt wahrscheinlich nicht sehr spannend an, aber wenn wir uns abends um 21 Uhr zur Schließzeit der Bibliothek trafen und sie mir von ihren Leseerfahrungen des Tages erzählte, dann war das so lebendig und mitreißend, dass ich mehr und mehr von ihrem Wissenschaftsdrang angesteckt wurde. So kam es, dass auch ich in mich ging und unbefriedigt feststellte, dass ich in meiner Jugendzeit nur meine Märchen gelesen hatte und über deren Umfeld eigentlich nichts wusste. Tja, so bin ich zur Orientalistik und zu den orientalischen Sprachen gekommen.

Damit hätte ich dir nun hoffentlich reichlich belegt, wie wichtig Janet für mich geworden ist und wie positiv sie auf mich wirkt. Du erinnerst dich bestimmt, was ich am Anfang meines nun doch längeren Berlinaufenthalts von meiner Sehnsucht nach einem Freund geschrieben habe. Ich glaube, ich habe ihn in Janet gefunden, und ich wünschte, sie sähe das auch so.

Viele Grüße von deinem Bruder Cornelius

Liebe Ariane,

wieder sind einige Wochen ins Land gegangen. Und diese waren ausgefüllt mit eifrigsten Studien. Ich glaube, ich habe noch nie zuvor so intensiv gearbeitet; wobei alles von Janets wissenschaftlichem Forscherdrang in den Schatten gestellt wird. Aus der Anfangseuphorie ist eine regelrechte Besessenheit geworden. Besonders scheint sie die Marsyas-Problematik umzutreiben. Ich hatte dir gegenüber, glaube ich, die gleichnamige Zeitschrift im letzten Brief erwähnt. Deren Programmatik hatte der Herausgeber in einem expressionistischen Manifest mit dem Titel *Marsyas und Apoll* dargelegt. Janet hat sich da in etwas hineingesteigert, das mir immer unheimlicher wird. In ›ihrem‹ *Monolog vom Marsyas* überträgt sie gewissermaßen die Konstellation des Marsyas-Mythos auf ihre eigene Geschichte mit Sumynano und Anton. Der Sage nach konnte der Satyr Marsyas meisterhaft auf der Flöte spielen. Das Instrument war von Athene erfunden, dann aber weggeworfen worden, weil es ›hässlich machte‹. Es kam zu einem Wettstreit mit Apollon, dem der Sieg zugesprochen wurde und der daraufhin den unterlegenen Marsyas für seine ›Anmaßung‹ grausam bestrafte: Er zog ihm bei lebendigem Leibe die Haut ab.

Janet nun erinnert Sumynano ein wenig an Apoll aus dem Manifest, allerdings nur im Sinne des alten Gelehrten mit dem angesammelten Wissen, nicht aber als Strafenden. Und er setzte sein

Wissen auch nicht wie dort zum Machterhalt ein. Von daher rückt er nach Janets Ansicht eher in die Nähe von Athene. Sumynano war für Janet und Anton ein ›Meister‹ und als solcher der große Stichwortgeber, der sich aber ›vernünftigerweise‹ in seine Hausmanns- beziehungsweise Gelehrtenidylle zurückzog, als er die Gefährdung erkannte. Er hatte das ›Instrument‹ zuerst in den Händen gehalten, aber es dann bewusst nicht genutzt, da es ›krank‹ machte. Dagegen hatten Janet und Anton das ›Instrument‹ ohne zu zögern ergriffen, wissend um die Gefahren, aber: Kunst und auch Wissenschaft ›geschehen‹ eben, es *geschieht in uns*! Genau dieser Aspekt war Janet unheimlich wichtig: Es ging nicht nur um den ›Künstler‹, sondern mindestens gleichermaßen auch um den ›Wissenschaftler‹. Insofern greife laut Janet weniger der Marsyas als Identifikationsfigur für Janet und Anton, sondern mehr der Prometheus, der allerdings viel vom Marsyas in sich hat. Wie dieser bereit ist, seine Kunst mit allen Konsequenzen zu betreiben, selbst wenn er daran zugrunde geht, so ist jener bereit, sich um denselben Preis der wissenschaftlichen Ergründung hinzugeben.

Auch hier bot sich Sumynanos Nähe zu Athene als Helferin des Prometheus an. Er hatte gewissermaßen dem großen Projekt von Janet und Anton erst den Atem eingehaucht. In der Sage warnt Athene Prometheus vor einer Bestrafung durch Zeus und hält sich dann fern von ihm. Sumynano hatte zwar mal mehr, mal weniger eindringlich vor ›Gefahren‹ gewarnt, aber es blieb doch letztlich halbherzig. Und er hatte dann durchaus mit Interesse und Neugier aus der Distanz die Dinge sich entwickeln lassen.

Die Quintessenz aus all diesen mythologischen Deutungen war für Janet, und darauf kam sie immer wieder zurück, dass nach ihrem Verständnis zwischen Kunst und Wissenschaft ein Gleichheitszeichen gehört. Bestätigung hätte sie dafür im Übrigen nicht nur bei ›ihren Expressionisten‹, sondern fast mehr noch bei ›meinen Romantikern‹ gefunden. Und dann holte sie einen Wust von Exzerpten hervor und hielt mir einen großen Vortrag zur ›Poetisierung der Wissenschaften‹ bei Novalis und Friedrich Schlegel. Zum Schluss verkündete Janet geradezu feierlich, dass diesen Anspruch für sie Ernst Balcke verkörpert habe und sie dies nunmehr umsetzen wolle. Sie hatte bei diesen Worten ein seltsames Flackern in den Augen, und ich musste an Sumynanos Warnung vor einem zu tiefen Eindringen in Kunst und Wissenschaft denken.

Aber ernsthaft in Sorge bin ich erst, seit Janet eines Nachts zu mir herüber ins Wohnheim gerannt kam und mich ganz aufgelöst darum bat, in meinem Tagebuch nachzusehen, wie der Geburtsname von Balckes Mutter auf dem Grabstein lautete. Beim Namen *L'Hermet* stieß sie einen Ausruf des Triumphes aus: »Dachte ich es mir doch. Ich bin in alten Schachjahrbüchern auf einen Schachspieler und Schachkomponisten Rudolf L'Hermet aus Schönebeck gestoßen. Der war Jahrgang 1859, das war garantiert jener Schönebecker Onkel, von dem Ernst gesprochen hatte. Verstehst du, was das heißt? Ich muss versuchen, alle seine publizierten Probleme und Studien aufzutreiben. Darunter könnten doch jene beiden Aufgaben sein. Wenn ich sie vor mir sehe, erinnere ich mich bestimmt an sie. Mit anderen Worten, die Schlüsselstellungen für unsere Zeitreisen wären so wieder rekonstruierbar.« – »Und was wäre dann damit erreicht?« Janet verstand meine Frage überhaupt nicht: »Cornelius, ich will eine wissenschaftliche Abhandlung schreiben. Da muss jedes Detail stimmen und möglichst jede Lücke geschlossen werden. Abgesehen davon wäre dies vielleicht auch von ganz praktischem Nutzen. Überleg doch mal, um 2061/62 herum wird der *Halleysche Komet* wieder auftauchen. Meine Arbeit wäre für die dann wieder möglichen Zeitreisen von enormer Bedeutung.«

Kraftlos, denn ich wusste, dass dieses Argument sie nicht erreichen würde, sagte ich: »Janet, du weißt, dass dich die Ärzte vor Schach und speziell vor dem Problemschach gewarnt haben.« – »Mach dir bitte keine unnötigen Sorgen. Ich weiß, worauf ich mich da einlasse. Ich hatte mich schon länger wieder mit Schach beschäftigt, sonst hätte ich ja auch nicht den Onkel entdeckt. Als ich dir letztens das von Ernst Balcke und Kunst=Wissenschaft dargelegt habe, fiel bei mir plötzlich der Groschen, nämlich dass Schach für mich der Schlüssel ist, denn das ist geradezu die Verkörperung dieser Gleichsetzung.« Sie sagte noch, dass ihr klar sei, dass nun ein langer und einsamer Prozess vor ihr liege, ehe sie alles gesichtet habe. Schon jetzt sei ihre Materialsammlung so umfangreich, dass sie mitunter Angst habe, sich darin zu verlieren. Andererseits stehe sie im Gegensatz zu damals nicht unter Zeitdruck und sie habe auch nicht vor, sich in ›Zeitnot‹ bringen zu lassen. Sie wolle sich jetzt richtig Zeit nehmen und ›alles‹ ergründen.

Ich muss dir ehrlich sagen, Ariane, für mich klang das fast wie ein Abschied. Denn eine gemeinsam mit mir verbrachte Zeit war nun offenbar bei Janet nicht mehr vorgesehen.

An einem der folgenden Abende passte ich sie an der Staatsbibliothek ab und führte sie hinüber zum Reiterstandbild des *Alten Fritzen*. Ich deutete auf die unter dem Pferdeschwanz versammelten Dichter und Gelehrten. Zu ihnen gehörten Lessing und Kant, und ich wollte damit Janet wie seinerzeit Sumynano vor einem Abdriften ins Abgründige bewahren. Daraufhin führte sie mich an der *Humboldt Universität* vorbei in Richtung *Neue Wache* und zeigte mir einen rechteckigen Schachtdeckel im Boden. Ich war da schon unzählige Male entlang gelaufen, diese Stelle war mir aber noch nie aufgefallen. Janet erklärte, dass dort unten die Requisiten für das am Ende des Platzes befindliche *Maxim Gorki Theater* untergebracht seien. Es handelte sich um den Teil eines alten Straßenbahntunnels, der alte Professor vom Geschichtsverein habe ihr das erzählt. Die Straßenbahn sollte damals unterirdisch fahren, damit sie den Blick des Kaisers vom Stadtschloss her nicht beeinträchtige. Ich ahnte nur ungefähr, was mir Janet damit sagen wollte: den Blick fürs Abgründige bewahren, dem Offensichtlichen misstrauen. So etwas in der Art. Ich merkte schon seit einiger Zeit, dass wir nicht immer eine Sprache sprachen. Du hattest wie so oft recht, liebes Schwesterlein: Ich habe zwar einen Freund in Janet gefunden, mit dem ich mich austauschen kann, aber, und das war vielleicht sogar der dringendere Wunsch: Janet ist nun wirklich nicht in der Lage, mich auf dem Boden zu halten, sie reißt ihn mir eher unter den Füßen weg.

Ich glaube, es wird Zeit aufzubrechen. Der Ort fängt wieder an, mich einzuschnüren.
Dein Bruder Cornelius


*Berlin, 10. Juli 1994*


Liebe Ariane,
bald nun breche ich meine Zelte ab. Ich werde mit etwas Wehmut, aber doch auch mit einiger Erleichterung von Berlin scheiden.

Gestern haben Janet und ich einen Abschiedsspaziergang zum *Friedhof der Märzgefallenen* im Friedrichshain gemacht. Langsam schritten wir die Grabsteine ab und gedachten der *Schläfer in dem engen Schragen*. Janet sagte leise: »Ich kann gar nicht glauben, dass es schon etliche Jahre her ist, dass ich mit Claire hier war. Und viele Jahrzehnte zuvor stand Georg Heym an dieser Stelle. Weißt du, manchmal zweifle ich daran, ob das, was ich dir erzählt habe, wirklich alles so passiert ist oder ob das nicht nur eine Wahnvorstellung von mir ist. Aber ich bin jetzt mehr denn je davon überzeugt, dass Gleiches zu ungleichen Zeiten geschehen kann. Und die Zeiten 1985/86 und 1910 haben sich definitiv ›berührt‹ – ob mit ›wirklicher‹ Begegnung oder ohne.« – »Und was ist damit?« Bei diesen Worten zeigte ich auf die Anlage zur Novemberrevolution: »Haben sich die Zeiten 1848 und 1918 nicht auch ›berührt‹ – oder ist das nur aufgesetzt?« Janet schwieg daraufhin lange, ich dachte schon, sie hätte gar nicht zugehört. Dann aber sagte sie stockend: »Ich weiß es einfach nicht. Ich mache mir schon lange *allerlei Gedanken* darüber, wo ehrliche Auseinandersetzung aufhört und Instrumentalisierung anfängt. *Ich wollte, es sagte mir einmal einer etwas Hinreichendes darüber.*«

Wir liefen schweigend zum Märchenbrunnen und umarmten uns zum Abschied. »Schade, dass du es nie auf Dauer an einem Ort aushältst«, murmelte Janet an meiner Schulter. »Vielleicht klappt es ja diesmal, es ist immerhin das Sehnsuchtsziel meiner Kindheit und Jugend«, erwiderte ich leise. Und dann hörte ich noch, wie Janet murmelte: »*Atlantis* wirst du dort gewiss nicht finden, Anselmus.«

Tja, Ariane, jetzt will ich auch von dir Abschied nehmen. Sei nicht zu traurig darüber, dass ich nun gar so weit weg sein werde. *Doch du hast einen Gatten und liebe Kinder; du kannst noch glücklich sein.* Schade, dass du es nicht geschafft hast, mich mal hier in Berlin zu besuchen. Wenn du übrigens deinen Kindern die kleinen Bärenjungen doch noch zeigen willst, musst du dich ranhalten. Sie können nämlich nicht mehr lange im Bärenzwinger bleiben, dort ist es zu eng für sie geworden.

Liebe Grüße
dein Bruder Cornelius

*Berlin, 6. Juni 2011*

Liebe Ariane,
dein Weltenbummler-Bruder kehrt nunmehr in den heimatlichen Hafen zurück und steuert endlich – wie du sagen wirst – auch den ehelichen Hafen an. Meine Verlobte ist mir ja schon vor einigen Wochen vorausgereist und es freut mich, dass ihr beide euch angefreundet habt und du also mit meiner Wahl zufrieden bist. Ich habe nach so vielen Jahren nun endlich begriffen, was für mich wichtig ist im Leben. Die vergangenen gut anderthalb Jahrzehnte an den unterschiedlichsten Stationen waren geschäftlich durchaus erfolgreich und unser Onkel hat nun schon mehrfach bekräftigt, dass er das Firmenschicksal ruhigen Gewissens in absehbarer Zeit in meine Hände legen werde. In den Anfangsjahren sah es danach gar nicht aus und es hätte nicht viel gefehlt, dass ich, wie schon so oft, als ein Gescheiterter vorzeitig heimgekehrt wäre. Das ›Morgenland‹ war nicht so, wie ich es mir erträumt hatte. Viele bedrückende Erfahrungen führten zu einer Ernüchterung, die mich eine Zeitlang in das mir von Janet prophezeite Einsiedlerdasein getrieben haben. Das tat mir nicht gut und ich spürte bereits erste Anzeichen eines Nervenfiebers, das in mir böse Erinnerungen

wachrief. Dass ich mich aus dieser Krise wieder herauswinden konnte, hatte meinen Bruch mit Janet, der eigentlich mehr ein schleichender Prozess war, zur Voraussetzung.

Ich hatte vor meiner Abfahrt ein Reiseblog eingerichtet, das ich in der anfänglichen Euphorie sehr intensiv, dann mit einsetzender Desillusionierung nur noch sporadisch betrieben habe. Janet meldete sich nun in mehr oder minder großen Abständen mit Kommentaren in meinem Blog. Dabei verwendete sie einen sonderbaren Nicknamen: *Karan Dasch*. Ihre Kommentare hatten nichts mit meinen Einträgen zu tun, sie warf mir vielmehr Bruchstücke ihrer neuesten Erkenntnisse zu. Mein in Berlin zuletzt gewonnener Eindruck ihres desolaten Zustands schien sich sogar noch verstärkt zu haben. Ihre Wortmeldungen wurden immer nebulöser; meine Antworten bezog sie überhaupt nicht mit ein. Eines Tages schrieb sie mir eine Blog-Nachricht, die mich vollends verwirrte: »Lieber Anton, erinnerst du dich an jenen Abend in Treptow an der Spree, als wir über den ›Zeitfluss‹ sprachen? Ich bin dieser Tage auf ein Buch gestoßen, das mich einfach elektrisiert hat. Und seither frage ich mich, ob du wie *Si Morley* gar nicht zurückkommen wolltest. Aber, was noch viel wichtiger ist, ich weiß jetzt, dass du noch da bist, denn die Vergangenheit *ist da*, auch wenn wir sie nicht *sehen*.« Es kam danach noch öfter vor, dass sie mich mit Anton verwechselte. Schließlich antwortete ich gar nicht mehr, und auch sie schrieb immer seltener. Wir hatten jahrelang keinen Kontakt mehr gehabt; ich habe mich dadurch befreit gefühlt und gesundete. Vor etwa zwei Jahren tauchten auf einmal wieder Kommentare von *Karan Dasch* in meinem nahezu eingeschlafenen Reiseblog auf. Ich hätte es natürlich längst abschalten können; vielleicht hatte ich unterschwellig doch auf Janets neuerliche Kontaktaufnahme gehofft. Wenn, dann hat mir mein Unterbewusstsein einen schlechten Dienst erwiesen, denn ich merkte sofort, dass mir das nicht guttat. Ihre Nachrichten wirkten noch verwirrter als zuvor, wobei sie sich dessen immerhin selbst bewusst zu sein schien. Sie schrieb, dass sie neuerdings, wenn sie sich nicht gerade in Bibliotheken vergrub, stundenlang mit der Ringbahn unterwegs sei. Nach zwei oder drei Umdrehungen sei ihr inneres Gleichgewicht einigermaßen wiederhergestellt. Sie könne dort denken, lesen und sogar schreiben. Gerade um Letzteres gehe es ihr, denn in der Bibliothek oder zu Hause werde ihr das Schreiben zunehmend zur Qual. An manchen Tagen schrieb sie mir nur irgendwelche Zitate, vermutlich aus Georg Heyms Tagebüchern und Briefen, z.B.: »Kleist, (ich war wieder einmal vorgestern an seinem Grab)« oder: »Jetzt sitze ich im Südring – er hält gerade in Halensee – und ich fahre zu meinem Freund Ernst, um mich mit ihm über Keats zu unterhalten.« ›Ihren Freund Ernst‹ besuchte Janet in der Tat regelmäßig. Aber sie fand bei ihm keine Ruhe, im Gegenteil: Sie steigerte sich immer mehr in die Frage hinein, was der ›Stein‹ ihr war. Mal sah sie ihn als *Felsblock*, als *Versteinerung* ihres *Realitätssinns*, ihrer *Selbsterkenntnis*. Häufiger aber deutete sie ihn als *Fels-Geschwür*, von dem sie sich befreien müsse: *Entrücke Dich dem Stein!* Ich beschloss, nicht zu reagieren, um nicht erneut die Bodenhaftung zu verlieren. In dieser Zeit sah ich den faszinierenden Film *Inception*, und, du wirst lachen, ich entnahm ihm eine Methode, die mich gerettet hat: In dem Film wählt sich die Labyrinth-Architektin *Ariadne* einen Schachläufer als Totem, das sie dazu benötigt, immer Traum und Realität auseinanderzuhalten. Auch ich wollte mich nun so davor schützen, dass das Fiktive Oberhand über mich gewinnt. Als Spielstein hätte ich mir am liebsten einen grauen Turm gewählt, aber im Schach muss man sich ja nun mal für schwarz oder weiß entscheiden. Ich habe jetzt immer einen schwarzen Turm dabei. Und ich habe gut daran getan, denn Janets Welt griff immer stärker nach mir. Vor einigen Wochen schickte sie mir eine Nachricht, die das ganze Ausmaß ihrer Verstörung zeigte. Eine unbeschreibliche Verzweiflung habe von ihr Besitz ergriffen, seit ihr kürzlich aufgegangen sei, wer Hans ist. Sie sei davon überzeugt, dass sich hinter ›ihrem Hans‹ der Dichter Jakob van Hoddis verbirgt, der sich diesen Namen aus den Buchstaben seines bürgerlichen Namens Hans Davidsohn zusammengewürfelt hatte. Am Ende schrieb sie: »Ich habe Hans erst verrückt gemacht. Ich habe Schuld an seiner Krankheit: Unsere Begegnung hat sie ausgelöst, verstehst du?!« Jetzt antwortete ich ihr nun doch – meinen schwarzen Turm fest in der Hand haltend: »Vielleicht war es aber gerade umgekehrt, vielleicht hat Hans dich verrückt gemacht, vielleicht hat er Schuld an deiner Krankheit.« Darauf Janet postwendend: »Auch dann wäre der Auslöser unsere Begegnung.« Nochmals meine Antwort: »Aber diese Begegnung ist nicht deine Schuld, eure Zeiten haben sich einfach berührt. Es war unausweichlich.«

Dann war wieder Sendepause, bis vor ein paar Tagen die bis dato letzte Wortmeldung kam, die ich nur als Hilferuf auffassen kann. Janet schrieb, sie habe ein ›expressionistisches Jahrzehnt‹ selbstzerstörerischer wissenschaftlicher Suche gebraucht, um zu erkennen, dass sie dem *Wahrheitsgrund* nur nahe kommen, ihn aber niemals erreichen könne. Sie sei genau an dem Ort angelangt, an dem sie schon einmal war, und habe nun Angst, in die Dunkelheit zurückzufallen.

Das hieß wohl nichts anderes – und eine etwas umständliche Internet-Recherche bestätigte diese Annahme –, als dass sie wieder in eine Irrenanstalt eingewiesen worden war. Ich entsann mich düster des Wenigen, was sie mir von ihrem ersten Aufenthalt dort geschildert hatte. Das Schrecklichste war damals für sie, nur eingeschränkt lesen und überhaupt nicht schreiben zu dürfen.

Du wirst verstehen, Ariane, dass ich mich verpflichtet fühle, sie dort noch ein letztes Mal zu besuchen und nach Möglichkeit mit den Ärzten zu sprechen.

Nach so vielen Jahren wirst du die kurze Zeitverzögerung durch meinen Umweg über Berlin sicher verschmerzen können.

Bis bald liebe Grüße
von deinem Bruder Cornelius

Berlin, 11. Juni 2011

Liebe Ariane,
ich sitze gerade auf den Treppenstufen der Kirche am Südstern und versuche, meine Gedanken zu ordnen und für dich niederzuschreiben. In meiner Linken halte ich den schwarzen Turm umkrampft. Ich weiß nicht, wie ich ohne ihn den Besuch bei Janet durchgestanden hätte.

Anfangs war meine Freude groß, dass Janet mich sofort erkannt hatte. Sie redete mich auch nicht etwa mit »Anton« an, wie ich es fast befürchtet hatte. Sie wirkte zwar etwas reserviert, beispielsweise umarmte sie mich nicht, aber sie schien sich doch über meinen Besuch zu freuen. Sie sprach klar und augenscheinlich vernünftig, verfiel allerdings mitunter in einen Flüsterton und kicherte auch mal unmotiviert. Meine Sorge, sie käme nicht zum Lesen und Schreiben, zerstreute sie sofort. »Stell dir vor, wen ich hier wiedergetroffen habe! Eine der Ärztinnen ist meine alte Schulfreundin Claire. Sie hat mich gleich erkannt und versorgt mich immer mit Papier und jeder Menge Bleistiften. Es ist *mir doch eine süße Beschäfti-*

*gung zu schreiben.*« Bei diesen Worten zog Janet eine Schublade voller Bleistiftstummel auf. Dann holte sie ein Buch hervor: eine Ausgabe von Erzählungen Kafkas und seinen Romanfragmenten *Der Prozess* und *Das Schloss*. Das Buch war 1965 erschienen, es habe erst ihrem Großvater, dann ihrem Vater gehört, und jetzt habe sie es hierher mitgenommen. »Und stell dir vor, ich dachte, ich kenne die Sachen in- und auswendig, aber erst hier habe ich von jenem *Traum Josef K.s* im Anhang zum *Prozess* gelesen.« Und in verschwörerischem Flüsterton erzählte sie mir diesen Traum. Ich kann ihn dir jetzt nicht genau wiedergeben, obwohl er sich tief in mein Bewusstsein eingegraben hat. So, wie ihn Janet erzählte, war mir fast, als hätte ich selbst ihn geträumt. Es ging darum, dass Josef K. auf einem Friedhof einen Künstler beobachtete, der mit einem *gewöhnlichen Bleistift* auf einen Grabstein die Worte *Hier ruht …* schrieb, dann innehielt und mit K. *hilflose Blicke* wechselte: *Es lag ein hässliches Missverständnis vor, das keiner auflösen konnte.* Schließlich aber *entschloss* sich der Künstler, *da er keinen anderen Ausweg fand, dennoch zum Weiterschreiben.* Erkennbar wurde *der Buchstabe. Es war ein J.* An dieser Stelle unterbrach ich Janet: »Ich glaube, das ist genau dein Problem seit vielen, vielen Jahren: Du denkst, du stehst vor Gericht und musst dich und vielleicht auch noch alle möglichen anderen gegen irgendwelche Vorwürfe verteidigen. Deine Schuldgefühle sind unnötig. Du bist nicht schuld daran, dass Anton nicht zurückgekommen ist. Du hast auch keine Schuld am Tod deiner Eltern. Und du kannst schon gar nichts für Ernsts Tod und Hans’ Krankheit.« Janet legte mir die Hand auf den Arm und sprach ganz ruhig, als ob *ich* ein Patient dieser Anstalt wäre: »Das war vielleicht einmal so. Jetzt bin ich darüber hinweg. Ich bin hier in mein *Zauberschloss* gelangt. Ich habe endlich wie *Athanasius Pernath* den *Schlüssel* gefunden, *sich mit dem eigenen Innern durch klare Sprache zu verständigen.* Auch ich vermag jetzt *Buchstaben zu empfinden, sie nicht nur mit den Augen in Büchern zu lesen – einen Dolmetsch in mir selbst aufzustellen, der mir übersetzt, was die Instinkte ohne Worte raunen.* Also, ich habe meinen Frieden gemacht, auch mit dem ›hypermodernen Prometheus‹. Ich will mich nicht mehr *abhetzen in der Jagd nach dem Grunde.* Das Unerklärliche bleibt eben unerklärlich. Aber eines hat mir Claire streng untersagt: das Schachspiel. Und sie hat gut daran getan, es würde mich womöglich wieder ins Bodenlose stürzen.«

Ich suchte dann auch diese Claire auf und wollte ihre Meinung als Ärztin hören, wie Janets Chancen auf Heilung stünden. Zu meiner Überraschung eröffnete sie mir, dass Janet gar nicht krank sei, sie gehöre eben zu den ›Wetterfühligen‹, wie auch viele ihrer expressionistischen Dichter, eben solchen, die Krisen im Voraus spüren. Janet müsse natürlich bei ihr in dieser Anstalt bleiben, um vor sich selbst geschützt zu werden. Und auch die Gesellschaft müsse vor ihr geschützt werden. Ob ich wisse, was sie ihr, Claire, bei der Einlieferung erzählt habe? Sie schreibe an einem Zeitreiseroman, wolle einem

Zukünftigen des Jahres 2061, wenn der *Halleysche Komet* wieder auftauchen wird, eine direkte Handlungsanweisung geben. Dieser Jemand solle in die Zeit von 1985 zurückreisen, um sie, Janet, vor ihrer ersten Zeitreise zu töten. Und als Begründung habe sie etwas gemurmelt von *bald zu sterben sei das Zweitbeste nach dem Allerbesten: nicht geboren zu sein, nichts zu sein.* Ich wusste nicht recht, worüber ich mehr entsetzt war: über Janets Romanidee oder darüber, dass ihre Ärztin diese offensichtlich für bare Münze nahm. »Sie sehen, ich habe allen Grund, Janet im Auge zu behalten, auch das, was sie schreibt.« – »Hauptsache, Sie verbieten ihr das Schreiben nicht – so wie das Schachspiel«, stammelte ich. Dafür gebe es gewichtige Gründe, erläuterte mir Claire. Für die einen sei es lediglich ein Zeitvertreib, ein *Zeitkürzungsspiel,* für andere aber – und zu denen gehöre nun einmal eindeutig Janet – sei es eine Obsession. Ich wurde den Verdacht nicht los, dass es Claire, die nie einen Zugang zum Schach hatte, vor allem darum ging, auf diese Weise mehr Macht über Janet zu erlangen. »Kannten Sie eigentlich Anton näher?«, fragte ich sie. Wieder kam eine erstaunliche Antwort: »Was heißt näher, ich kannte ihn überhaupt nicht. Anton gab es doch gar nicht. Und auch nicht diesen Sumynano, von dem Janet oft erzählt.« Mir fiel etwas ein: »Aber an den Schülerselbstmord in Ihrem letzten Schuljahr, an den werden Sie sich doch erinnern?« Claire dachte lange nach. Dann sagte sie stockend: »Richtig. Oh mein Gott, den hatte ich ganz vergessen. Ich hatte inzwischen so viel mit Selbstmorden zu tun. Ich konnte daneben auch einige verhindern, aber letztlich steht man dem völlig hilflos gegenüber, obwohl wir heute so viel darüber wissen oder glauben zu wissen.« Ihr Gesichtsausdruck glich auf einmal sehr dem der verwirrten Janet. Ich war gerade im Gehen begriffen, als zwei Pfleger um die Ecke bogen und laut riefen: »Aber Claire, Sie sollen doch nicht immer einen Arztkittel mitgehen lassen. Leeren Sie mal die Taschen.« Und mit einem verschmitzten Lächeln übergab sie den beiden ein paar Bleistiftstummel und ließ sich dann bereitwillig unterhaken und wegführen.

Völlig perplex lief ich nochmals zu Janets Zimmer, unschlüssig, ob ich ihr berichten sollte, dass Claire als Patientin und nicht als Ärztin hier ist. Aber Janet wirkte so mit sich im Reinen, wie sie da an ihrem Tisch saß und mit Claires Bleistiftstummeln schrieb, dass ich es nicht übers Herz brachte. Ich blickte ihr über die Schulter, konnte allerdings kaum etwas lesen. Janets Handschrift war ja schon immer sehr gewöhnungsbedürftig, um nicht zu sagen kraklig, aber bei diesem *wirren Gekritzel* hier handelte es sich um eine eigenwillige Kurzschrift, ein wenig an Schachnotation erinnernd. Als ich gerade das Zimmer verlassen wollte, drehte sich Janet zu mir um und sagte leise lächelnd: »Leb wohl, Anselmus.« Nach kurzem Zögern erwiderte ich traurig: »Leb wohl, Nathanael.«

Tja, Ariane, das war's von meinem Besuch. Ich bin noch völlig durcheinander. Ich bin so froh, dass ich jetzt das alles hinter mir lassen kann. Bald bin ich bei euch, dann wird *alles, alles gut.* Mein Zug geht in wenigen Stunden; zuvor will ich noch einen letzten Gang zum Grab von Ernst Balcke machen. Das sind von hier nur ein paar Schritte, und dies wäre dann endlich der Schlussstrich.

Bis bald
dein Bruder Cornelius

# Epilog

Cornelius steht nachdenklich vor dem Grabstein. Die gut anderthalb Jahrzehnte hatten der Inschrift weiter zugesetzt. Der Name *Ernst Balcke* war schon bei seinem ersten Besuch kaum noch zu entziffern gewesen. Jetzt aber waren auch die Schriftzüge der Eltern und des Bruders extrem verblasst. Der ganze Stein war stark verwittert, es war, als hätte es nie eine Inschrift darauf gegeben. Es sei denn, ... Cornelius beugt sich weit über den Stein und starrt ungläubig auf die raue Oberfläche: *Alles ward ihm immer mehr ein Rätsel.* Ein Friedhofswärter tritt zu Cornelius und spricht ihn an, Cornelius stehe dort bereits seit Stunden, ob mit ihm alles in Ordnung sei. Cornelius fragt ihn nach der Inschrift. Der Mann kann erst gar nichts erkennen, sagt dann, dass dort ein einzelner Buchstabe stehe, es könne ein »J« sein, er sei aber nicht sicher. Dann mahnt er, dass er den Friedhof abschließen müsse, und sagt, dass Cornelius ja am folgenden Tag wiederkommen könne. Darauf erwidert Cornelius langsam: »Wohl kaum, ich gehe auf eine weite Reise ...« Bei diesen Worten holt Cornelius einen schwarzen hölzernen Schachturm hervor und stellt ihn auf den Stein. Anschließend verlässt er hastig, fast fluchtartig, den Friedhof.